LA VENGEANCE

DU

CONDOTTIERE

Féérie Historique en 4 Actes et 16 Tableaux

PAR

J. DE MARTRIN-DONOS

MUSIQUE

DE

PAUL GROUANNE

(Professeur à l'Institution Saint-Joseph, de Fontenay-le-Comte

PARIS

LIBRAIRIE RENÉ HATON

59, Boulevard Raspail 59

1923

LA VENGEANCE DU CONDOTTIERE

PERSONNAGES

LOUIS XI, roi de France.
CHARLES LE TÉMÉRAIRE, duc de Bourgogne.
Philippe de COMMYNES, baron d'Argenton.
Guy de COMMYNES, son fils.
Geoffroy d'ARGENTON, neveu de Châtillon.
Le Doge de Venise.
Le R. P. Abbé de Saint-Jean-d'Orbestier.
Le Sire de CHATILLON, seigneur poitevin.
Le Comte de SAINT-CLÉMENTIN —
Le Sire de MONCONTOUR —
Le Sire de BERCAL —
Le Baron de SANZAIS —
René de POUILLÉ, écuyer de Commynes.
Baulde de TALBOUEN, chapelain du château.
Hardouin de VENDEL, capitaine des gardes.
GUILLAUME, écuyer.
ROMÉO, condottiere italien.
AYMERY, geôlier.
TANCRÈDE, batelier.
GONTRAN, écuyer.
GIACOMO, bohémien.
Le Frère portier de l'Abbaye.
Le Chef de Police de Venise.

Anges, Seigneurs, Pages,
Varlets, Moines, Paysans, Goudoliers, Vénitiens.

TABLEAUX

<table>
<tr><td>PROLOGUE</td><td>*1er Tableau*</td><td>La terrasse du château d'Argenton.</td></tr>
<tr><td>—</td><td>2e —</td><td>Fête de nuit.</td></tr>
<tr><td>—</td><td>3e —</td><td>La farce du mire Panglossus.
(Ballet pantomine).</td></tr>
<tr><td>1er ACTE</td><td>4e —</td><td>La presqu'île de L'Aiguillon-s-Mer.</td></tr>
<tr><td>—</td><td>5e —</td><td>L'enlèvement en barque.</td></tr>
<tr><td>2e ACTE</td><td>6e —</td><td>Les cloîtres de Saint-Jean-d'Or-
bestier.</td></tr>
<tr><td>—</td><td>7e —</td><td>La tempête.</td></tr>
<tr><td>3e ACTE</td><td>8e —</td><td>Dans les neiges des Alpes.</td></tr>
<tr><td>—</td><td>9e —</td><td>Lever de soleil dans la montagne.</td></tr>
<tr><td>—</td><td>10e —</td><td>Le pont qui s'écroule.</td></tr>
<tr><td>4e ACTE</td><td>11e —</td><td>La piazzetta à Venise.</td></tr>
<tr><td>—</td><td>12e —</td><td>Une fête sur le grand canal.</td></tr>
<tr><td>—</td><td>13e —</td><td>Le ballet des Fantoches.</td></tr>
<tr><td>—</td><td>14e —</td><td>La glorification de Venise.</td></tr>
<tr><td>EPILOGUE</td><td>15e —</td><td>La Basilique de N.-D. d'Embrun.</td></tr>
<tr><td>—</td><td>16e —</td><td>L'apparition de la Vierge.
(Apothéose).</td></tr>
</table>

(L'action a lieu vers la fin du xve siècle)

On peut demander la musique chez l'Auteur, à Fontenay.
PRIX : 1 fr. 50.

Pour les détails de mise en scène, s'adresser à l'Auteur.

PROLOGUE

L'ENLÈVEMENT

La scène représente une vue du château d'Argenton,
réparé à neuf par les soins du sire de Commynes. A
droite, la façade du palais avec une porte s'ouvrant sur
une terrasse qui doit être praticable. Cette terrasse,
entourée de créneaux, est établie sur les remparts
même du manoir. Elle domine les jardins du château
dans lesquels on descend par une pente douce ou un
escalier praticable; à gauche, dans le fond, la rivière de
l'*Ouère*. De l'autre côté de l'eau, on aperçoit l'église de
Saint-Gilles; au centre et à gauche, le vieux donjon
placé sur une hauteur et dominant la vallée. Au lever
du rideau, des varlets affairés vont et viennent dans les
allées du jardin qu'ils ornent pour une fête de nuit.

SCÈNE PREMIÈRE

René de POUILLÉ, HARDOUIN de VENDEL,
puis GUILLAUME, Seigneurs.

POUILLÉ. *sur la terrasse.*

Holà, varlets, répandez des fleurs sur le chemin

de ronde. Ornez magnifiquement les allées du parterre.

(Quelques pages répandent des fleurs sur la terrasse, dans les escaliers et dans les allées du jardin).

Que partout les couleurs de la baronnie d'Argenton s'unissent aux couleurs de l'écusson royal de France.

(René de Pouillé descend de la terrasse et s'avance dans le jardin. Le capitaine des gardes, Hardouin de Vendel, arrive à sa rencontre).

POUILLÉ

Tout est-il prêt, capitaine?

HARDOUIN

Oui, messire. Tous les soldats du château sont à l'entrée de la baronnie, armés et parés comme aux plus grands jours. Les chevaux de l'escorte sont admirablement caparaçonnés. Nous attendons vos ordres.

POUILLÉ

C'est bien, capitaine. Qu'une salve de vingt coups de coulevrines accueille le puissant monarque de France à son entrée dans le domaine d'Argenton. Faites en sorte que l'ordre soit parfait, que la population soit enthousiaste et que tout en un mot soit digne du haut seigneur Philippe de Commynes et de l'hôte illustrissime qu'il reçoit.

HARDOUIN

J'y veillerai. Votre seigneurie n'a pas d'autres ordres à me donner?

POUILLÉ

N'oubliez pas les signaux. Quand sur les hauteurs du Bourg-Giroire les sentinelles apercevront les premiers éclaireurs de l'escorte royale, je monterai à cheval, et, au nom de Mgr le baron, j'irai recevoir le roi à l'entrée de la baronnie.

HARDOUIN

Dès que le son du cor se fera entendre, messire, votre seigneurie peut monter sur son destrier et chevaucher au galop par la route de Thouars. Au delà de l'Ouère je vous attendrai.

(Le capitaine s'incline et sort. — Entre Guillaume).

POUILLÉ

Guillaume, allez prévenir Mgr le baron que tout est prêt pour la réception de Sa Majesté le roi Louis XI, et que l'escorte royale ne saurait tarder à arriver.

GUILLAUME

Oui, messire. *(Il sort).*

(Pouillé sort du côté opposé).

SCÈNE II

JEHAN DE CHATILLON, SAINT-CLÉMENTIN, SANZAIS, ROMÉO

CHATILLON

Et vous croyez Roméo, que cette nuit, pendant la fête, l'occasion sera bonne.

ROMÉO

Parfaitement, messire.

SAINT-CLÉMENTIN

Surtout, vous le savez, nous ne voulons pas que
le sang innocent soit versé.

CHATILLON

Non, Roméo, il faut seulement que le jeune Guy
de Commynes disparaisse afin que la race de
l'usurpateur s'éteigne, et que sa postérité ne puisse
plus dominer dans cette baronnie et dans ce castel.

SAINT-CLÉMENTIN

Nous voulons replacer le jeune Geoffroy, le
véritable héritier de la baronnie, sur le trône
seigneurial de ses pères; dans cet espoir, nous le
faisons élever loin de ces pays troublés.

ROMÉO

C'est aussi le but que poursuit mon seigneur et
maître, Charles, duc de Bourgogne : vous n'ignorez
pas, messires, que le prétendu baron d'Argenton,
Philippe de Commynes, a trahi le duc à Péronne.

CHATILLON

Oui, Commynes est passé au service de Louis XI,
et c'est pour le récompenser de cette félonie que le
roi lui a donné en fief cette superbe seigneurie.

ROMÉO

Le duc de Bourgogne n'a jamais pu tolérer une
injure. Commynes l'a trahi; Charles le Téméraire
a juré sur son blason de se venger du félon qu'il
avait comblé de ses bienfaits.

SAINT-CLÉMENTIN, *avec enthousiasme.*

Qu'il vienne le grand duc Charles. Nous serons
prêts à marcher sous ses ordres. Oui, par la croix

de Dieu, nous ne voulons pas pour suzerain un seigneur qui a déshonoré son blason en trahissant le duc de Bourgogne, son maître.

ROMÉO

Messire, je viens pour vous aider dans vos projets : j'ai une haine particulière contre messire de Commynes, et le duc m'a choisi pour servir sa vengeance.

SANZAIS

Mais quels sont vos plans?

ROMÉO

J'ignore encore quelle tactique je suivrai; mais ce soir, pendant la fête de nuit, quand tous les serviteurs et tous les héraults d'armes seront en liesse, il me semble que je pourrai pénétrer facilement jusqu'à la chambre du jeune seigneur et l'enlever sans difficulté.

CHATILLON

On donnera aussitôt l'alarme et vous serez surpris.

ROMÉO

Comptez sur moi, messire.

SAINT-CLÉMENTIN

Quel sera notre rôle?

ROMÉO

Précisément, en cas d'alerte, vous donnerez le change à ceux qui me poursuivront, et vous leur indiquerez une fausse direction.

(On entend le son du cor répété de distance en distance).

CHATILLON

Il faut nous joindre au cortège du maître de céans.

SAINT-CLÉMENTIN

J'ai la rage dans le cœur; nous sommes obligés de servir de cour à Philippe que nous détestons.

ROMÉO

Au revoir, messeigneurs.

(Roméo s'éloigne dans le jardin, les seigneurs montent sur la terrasse. Au même moment Philippe sort du château. Le baron est revêtu d'un brillant costume. Il est suivi de messire de Talbouën, son chapelain, de Guillaume, et de quelques pages et écuyers. Il examine les apprêts de la fête).

SCÈNE III

Philippe de COMMYNES, CHATILLON, SAINT-CLEMENTIN, GUILLAUME, Pages, Ecuyers

(Pendant toute cette scène les écuyers et les pages s'échelonnent dans les jardins; ils ont tous l'épée au port d'armes).

PHILIPPE, *aux seigneurs.*

Salut à vous, nobles sires. *(Les seigneurs s'inclinent)*. Je vous remercie d'être venus au château d'Argenton en ce jour de fête. La présence de vos seigneuries rehausse la réception que nous voulons faire au roi de France.

CHATILLON, *froidement.*

Nous accomplissons notre devoir, messire.

GUILLAUME

Pas aimables, aujourd'hui, les vassaux d'Argenton.

SAINT-CLÉMENTIN

Que dit cet écuyer?

GUILLAUME

La vérité, messire; elle vous choque peut être, je n'en suis pas fâché.

CHATILLON, *la main à son épée.*

Tais-toi, manant, ou...

PHILIPPE

Arrêtez, Châtillon, pardonnez-lui. Guillaume, veuillez respecter toujours les hôtes d'Argenton.

(Ici on entend de nouveau le son du cor).

PHILIPPE, *continue :*

A vos postes, messires, le roi arrive.

(L'orchestre joue une marche, bientôt apparaît le cortège royal. En tête, de Pouillé; derrière lui, un écuyer portant l'étendard de Commynes. Puis quatre héraults d'armes. Ensuite s'avance le roi escorté de huit héraults d'armes. Derrière suit la foule des seigneurs et des soldats. A l'entrée du roi, les cris répétés de Montjoie et Saint-Denis, de vive Louis, notre roi, se font entendre. Au pied de la terrasse, Philippe et Louis XI s'embrassent).

SCÈNE IV

LOUIS XI, PHILIPPE, Jehan de CHATILLON,
LE COMTE DE SAINT-CLEMENTIN,
LE BARON DE SANZAIS, René DE POUILLE,
GUILLAUME, MESSIRE BAULDE DE TALBOUEN,
HARDOUIN DE VENDEL,
SEIGNEURS, PAGES,
ECUYERS, SOLDATS, VARLETS, PEUPLE.

Chœur

Montjoie et Saint-Denis
Amour et gloire
Honneur, victoire.
A notre roi Louis.

PHILIPPE, *au roi en lui offrant les clefs à genoux.*

Roy, franchissez ce seuil fidèle
Où l'on vous reçoit à genoux
Où la mort toujours semble belle
A ceux qui tombèrent pour vous. *(Chœur).*

LE ROI, *au Comte.*

Lève-toi, vassal ! J'ai créance
Que dans le manoir d'Argenton,
Pour recevoir le roi de France
Il n'est ni traître ni félon. *(Chœur).*

(Après les chants, le roi monte sur la terrasse avec Commynes. Les seigneurs se dispersent dans les jardins).

LE ROI

Nous sommes heureux d'être dans votre baronnie, messire, (*Philippe s'incline*) et depuis que nous chevauchons sur les terres d'Argenton, nous admirons la fertilité du sol et les paysages charmants de cette riche contrée.

PHILIPPE

Ah! gentil sire, nous sommes heureux et fiers de posséder dans notre manoir un si grand monarque. Ce jour est pour Argenton une date mémorable; puisse le souvenir du passage de Votre Majesté demeurer toujours présent à nos cœurs.

(Le roi s'appuie sur les remparts qui forment la balustrade de la terrasse).

LE ROI

Quelle vue splendide, messire! Qu'il fait bon rêver le soir au soleil couchant sur les bords de cette fraîche rivière.

PHILIPPE

Oui, sire, les charmes d'Argenton sont reposants pour l'esprit; et lorsque Votre Majesté sera fatiguée des soucis du pouvoir, le seigneur et les vassaux de la baronnie seront heureux de lui offrir l'hospitalité.

LE ROI

Merci, vaillant féal; mais il me semble que la position du vieux castel est très précieuse au point de vue stratégique.

PHILIPPE

Oui, sire, la ville et le château sont protégés par une défense naturelle excellente. D'un côté par le cours de l'Ouère, de l'autre par celui de l'Argenton. Toutes les hauteurs qui entourent ces deux charmantes rivières sont dominées et défendues par le vieux donjon qui occupe l'endroit le plus élevé de la contrée. Mais Votre Majesté doit désirer rentrer en ses appartements; le soleil est sur son déclin, bientôt la fête de nuit commencera.

LE ROI

C'est un vrai chagrin de s'arracher aux charmes d'un si beau panorama. Mais vous êtes mon hôte, messire, et il me plaît de vous satisfaire.

(*Le roi rentre et la foule s'écoule. Pendant ce temps, l'orchestre fait entendre la marche royale*).

SCÈNE V

CHATILLON, SAINT-CLÉMENTIN, SANZAIS puis ROMEO

(*Pendant cette scène, la nuit arrive peu à peu*).

SAINT-CLÉMENTIN

Philippe triomphe, Messieurs.

SANZAIS

Il faut nous révolter.

CHATILLON

Vous êtes jeune, baron. Commynes est soutenu par le roi, et que peuvent nos fidèles varlets contre une puissance semblable.

SANZAIS

Ils sont vaillants et pleins d'ardeur.

CHATILLON

C'est pourquoi il ne faut pas les exposer à se faire écraser par une force plus considérable,

SAINT-CLÉMENTIN

Vous oubliez, messire, que nous avons pour nous le duc Charles de Bourgogne. C'est un intrépide : il a déjà lutté victorieusement contre le roi de France ; il ne reculera pas devant de nouveaux combats.

SANZAIS

Voici précisément son émissaire, Roméo, le condottiere italien.

ROMÉO, *entrant*

Salut à vous, messeigneurs.

CHATILLON

Tout est-il prêt pour le complot de cette nuit?

ROMÉO

Oui, messire, d'ici quelques heures le jeune seigneur sera loin.

SANZAIS

Où le conduisez-vous?

ROMÉO

Je ne sais. Je prendrai la route du Bas-Poitou et je ne m'arrêterai qu'à Fontenay.

CHATILLON

Comte de St-Clémentin, aussitôt l'alarme donnée au château, vous annoncerez au baron que vous avez vu des hommes armés et masqués, s'enfuyant au galop par le pont Cadoré et la route de Thouars. On cherchera l'enfant de ce coté. Roméo, je vais vous donner trois hommes sûrs, ils vous accompagneront à la capitale du Bas-Poitou, et de là vous conduiront jusqu'à mon vieux castel de l'Aiguillon, au bord de l'Océan. Vous y trouverez une vieille tour dominant la mer, c'est là que vous placerez le jeune seigneur. Il y sera en sûreté.

ROMÉO

Parfaitement, messire.

(A ce moment, la nuit qui est arrivée peu à peu, est complète. Tout à coup la scène s'illumine. Les verres de couleurs, les lanternes vénitiennes s'allument partout, le jardln est éclairé par des feux de bengale.

SANZAIS

Rentrons dans les appartements, Messires, il ne faut pas qu'on s'aperçoive de notre absence. *(Ils remontent sur la terrasse et rentrent dans le château. Les serviteurs continuent à illuminer les jardins).*

SCÈNE VI

ROMÉO *(à part)*. LES SERVITEURS

La Vendetta... La Vendetta... Oui la vengeance. Ton père, baron d'Argenton, a pillé pendant une guerre d'Italie la maison de mes aïeux, mon père et ma mère ont été les victimes de ses varlets impies? J'étais enfant alors, mais j'ai juré sur les dépouilles mortelles de mes parents de venger leur mort. Ton misérable père a disparu de ce monde avant que ma vengeance ait pu l'atteindre... mais la vendetta italienne se transmet de génération en génération, et c'est toi qui expieras les fautes de ton père. Déjà, depuis plusieurs années je m'attache à tes pas. Aussi, comme j'ai accepté avec joie de servir les projets du duc de Bourgogne... Ils ne veulent pas de sang... C'est bien, le sang ne coulera pas, mais ce fils que tu espérais mettre sur le trône seigneurial des barons d'Argenton, ce fils disparaîtra, et tu mourras, Commynes, sans laisser d'héritiers pour ce domaine princier, prix de ta trahison.

(Roméo sort).

(On entend une musique de fête. — Les seigneurs, pages, soldats, rentrent en scène. Puis le roi et Philippe. Au moment de l'entrée du roi les fontaines lumineuses s'allument. Le roi s'assied sur la terrasse du château un instant et s'avance pour écouter le chant de fête).

CHANT DE FÊTE

1er Couplet.

Argenton tressaille
D'un émoi joyeux
Sa haute muraille
Luit sous le ciel bleu.
Son portail antique
Est couvert de fleurs
Son beffroi gothique
Chante son bonheur.

Refrain

Le peuple en délire
Chante à pleine voix
Noël! gentil sire
Noël! pour le roi.

2ᵉ Couplet

Bientôt dans la plaine
Au revers du bois
Apparaît lointaine
L'escorte du roi,
Joyeuse elle avance
Bannière en avant
Les couleurs de France
Flottent sous le vent. *(Ref.)*

3ᵉ Couplet

Le soleil flamboie
Sur les fleurs de lys
Et tout est en joie
Pour le roi Louis,
Le peuple en délire
Chante à pleine voix :
Noël! gentil sire
Noël! pour le roi. *(Ref.)*

(Lorsque le chant est fini).

PHILLIPPE

Vous plairait-il sire, pour compléter cette fête, de voir dans leurs joyeux ébats les balladins du pays des Olonne, exécuter devant vous une danse comportant force farces et surprises?

LE ROI

Bien volontiers, ce sont plaisirs qui distraient des fatigues du pouvoir.

(Ballet de la farce du mire Panglossus).

SCÈNE VII

LE ROI, Philippe de COMMYNES, seigneurs

LE ROI

Quelle superbe fête! Cette illumination féérique,
ces chants harmonieux, cette décoration fantas-
tique, cette farce amusante, tout me rappelle les
plus belles fêtes de mon règne. Mais gare à Coitier,
mon compère, s'il apprend qu'on s'est ainsi gaussé
de lui.

PHILIPPE

Loin de nous cette pensée, sire ; mais comment
un vassal fidèle ne serait-il pas en grande joie et
liesse lorsqu'il a l'honneur de recevoir un si puissant suzerain que le roi de France. J'aurais voulu
plus beau, plus grandiose, plus brillant encore.
Toutes les splendeurs de mon humble manoir ne
sont pas dignes du grand Louis XI.

LE ROI

Merci, Philippe ; je compte en effet sur votre
fidélité et sur votre reconnaissance. Charles le
Téméraire s'agite, ce puissant duc attise toutes les
colères contre le roi de France et je crains que
bientôt les hostilités ne recommencent entre nous.

PHILIPPE

Je le crois aussi, sire, et je suis persuadé que le
duc marchera contre Argenton ; c'est dans le but
de résister à ses armes que j'ai fait réparer les
fortifications de mon château.

LE ROI

C'est possible; depuis qu'à Péronne Philippe, son favori, est passé au service de Louis XI, le duc est furieux et il est probable qu'il attaquera la baronnie avant peu.

PHILIPPE

Je l'avouerai à Votre Majesté : même au milieu de ces fêtes je ne suis pas tranquille. J'ai peur de quelques pièges, de quelque trahison. Les seigneurs des alentours sont jaloux du baron d'Argenton ; ils me traitent de félon, de traître : ils envient le fief superbe que Votre Majesté, gentil sire, a daigné m'octroyer.

LOUIS XI

N'hésitez pas, messire ; soyez sans pitié pour ces jaloux, montrez-leur qu'il faut craindre la colère du baron d'Argenton et vous en aurez raison.

PHILIPPE

Je sais, sire, que, d'après votre avis, les grands doivent se faire craindre avant de se faire aimer : les actes de votre règne en sont une preuve. Mais ne craignez vous pas que tant de sang versé...

LE ROI

Silence, vassal ; le roi de France n'a pas de conseils à recevoir d'un baron de son royaume.

(On entend des cris : Trahison, trahison, au secours, au meurtre. Les seigneurs entrent sur la scène).

SCÈNE VIII

LES MÊMES, LES SEIGNEURS, TALBOUEN
puis SAINT-CLÉMENTIN

LE ROI

Que signifie tout ce tapage?

PHILIPPE

Que se passe-t-il, messeigneurs? (*Un silence. Avec inquiétude*). Parlez, mais parlez donc... (*Au chapelain*). Voyons, messire de Talbouën, ne déguisez pas la vérité et dites-la-moi tout entière.

TALBOUEN

Hélas! monseigneur, j'ai un triste message à vous apporter. Priez le Dieu du ciel de vous donner la force de supporter le coup terrible qu'il plaît à sa volonté divine de vous envoyer.

PHILIPPE, *allant à Talbouen*.

Mais parlez donc, mon père, au nom du ciel, parlez! Ce silence est horrible. Que s'est-il donc passé?

TALBOUEN

Hélas! monseigneur, messire Guy vient d'être enlevé pendant la fête par un bandit inconnu.

PHILIPPE

Enlevé... mon fils... ah! (*Il chancelle, on le soutient*). Mais Guillaume ne veillait donc pas sur son jeune maître!

TALBOUEN

Guillaume a fait son devoir, messire. On a trouvé le vieux serviteur au pied du lit de messire Guy, la poitrine trouée de plusieurs coups de poignard.

2

SAINT-CLÉMENTIN, *accourant.*

Tout n'est pas perdu, messire ; mon écuyer, il y a une demi-heure, a vu passer devant lui, sur le pont Cadoré, une petite troupe de cavaliers masqués et armés jusqu'aux dents. L'un d'eux portait un lourd fardeau devant lui ; ils allaient au galop, ils ont pris la route de Thouars.

POUILLÉ

Ce sont les ravisseurs.

LE ROI

Allez, écuyers ; je reste avec ce malheureux père.

TOUS

En avant, sus aux traîtres. (*Tous sortent excepté le roi et le baron*).

SCÈNE IX

LE ROI, COMMYNES

(*Ils remontent sur la terrasse*)

COMMYNES

N'avais-je pas raison de trembler, sire... Je reconnais dans cette manœuvre infâme, la main du duc de Bourgogne.

LE ROI

Ce duc orgueilleux sera donc sans cesse sur mon chemin ! Messire, vous pouvez compter sur mon aide puissante pour vous venger... Je serai toujours avec vous contre le duc Charles.

COMMYNES

Merci, sire.

(*La toile tombe*)

ACTE PREMIER

—

L'ÉVASION

—

La scène représente une pointe de rocher s'avançant dans
la mer. A droite une vieille tour. Au pied, une porte,
s'ouvrant sur la grève. Le rocher est au premier plan,
derrière lui l'Océan, à droite une terre lointaine. A
gauche le rocher s'élève un peu plus au-dessus des flots
que le rocher de la presqu'île. Au lever du rideau, après
quelques mesures d'orchestre, une voix juvénile chante
dans la tour la Ballade d'Argenton. Vers la fin du chant,
un geôlier apparaît sur la grève, un trousseau de clefs à
la main.

SCÈNE PREMIÈRE

AYMERY, GUY, *dans la tour*

GUY, *chantant*

1ᵉʳ *Couplet*

Le roi vit une bergerette
Qui tout en menant ses agneaux
Fredonnait une chansonnette
Qu'écoutaient les petits oiseaux.

AYMERY

Pauvre enfant, il chante! Je ne m'explique point
pourquoi cet innocent est condamné à une si
horrible réclusion. A un âge si tendre, qu'a-t-il pu
faire?

GUY. — 2e *Couplet*

Je ne connais pas, dit-elle,
En interrogeant l'horizon,
De pays, de terre plus belle,
Que le noble fief d'Argenton.

(Au milieu du couplet, le jeune Geoffroy d'Argenton apparaît, il écoute la ballade.)

SCÈNE II

LES MÊMES, GEOFFROY D'ARGENTON

GEOFFROY, *à part.*

Pauvre Guy, quelle chose affreuse que la prison !

AYMERY, *s'avançant.*

Salut à vous, messire Geoffroy.

GEOFFROY

Ah ! c'est toi, Aymery, je te salue. N'est-ce pas l'heure de la promenade de messire Guy ? Je viens sur cette presqu'île déserte pour jouer quelques moments avec lui.

AYMERY

Vous savez, monseigneur, que le sire de Châtillon, votre oncle, vous a défendu absolument de fréquenter messire Guy. Vous devez respecter ses ordres.

GEOFFROY, *caressant.*

Je le sais, Aymery, mais je t'en prie, une fois en passant, laisse-moi converser avec mon ami pendant quelques minutes, personne ne le saura. (*Il lui donne une bourse. Aymery baise sa main.*)

AYMERY

Qu'il reste quelques instants avec vous, messire :
je vais lui ouvrir la porte de sa prison.

SCÈNE III

GEOFFROY, *seul*

Que je voudrais savoir pourquoi ce pauvre
Guy est renfermé dans ce vieux castel! Un jour
dans une de mes promenades, je l'ai aperçu errant
sur la grève; nous avons vite fait connaissance.
Tous les jours je dirigeais mes courses de l'abbaye
de Saint-Michel à cette presqu'île déserte, et nous
passions ensemble d'agréables heures. Un soir,
mon oncle, le sire de Châtillon, est venu me
visiter à l'abbaye, et il a interdit formellement aux
moines, chargés de mon éducation, de me conduire
du côté de cette terre abandonnée; il a défendu,
sous peine de mort, au gardien de Guy de me
laisser pénétrer jusqu'à lui. Mystère! mystère!
comment l'éclercir?... Mais voici ce cher ami.

SCÈNE IV

GEOFFROY, GUY, AYMERY.

*(Les deux enfants courent l'un vers l'autre et
s'embrassent.)*

GUY

Cher Geoffroy, que je suis heureux de te voir
après une si longue absence. Comment te trouves-
tu sur ce rocher?

GEOFFROY

Le désir de te voir m'a conduit jusqu'à ces lieux déserts. (*A Aymery*) Laissez-nous, Aymery.

AYMERY

Je veille dans les environs, messire ; mais, n'oubliez pas que personne ne doit vous voir ensemble. Au premier bruit suspect, séparez-vous.

GEOFFROY

Je vous le promets Aymery. (*Il fait un geste, Aymery s'éloigne.*)

SCÈNE V

GUY, GEOFFOY.

GUY

Qu'es-tu devenu, cher Geoffroy, depuis bientôt trois mois que je n'avais pas eu le plaisir de te voir ? Pourquoi m'abandonnais-tu ainsi ? T'avais-je fait de la peine ?

GEOFFROY

Ah ! cher ami, je souffrais autant que toi de notre éloignement, mais il faut bien que tu le saches, ta captivité est devenue plus dure à cause de nos relations. J'ai reçu l'ordre de ne plus diriger mes promenades vers ce lieu de retraite et la surveillance de mes mentors a été difficile à tromper. Enfin, tout à l'heure, j'ai pu parvenir jusqu'ici, et une bourse d'or m'a ouvert la porte de la vieille tour.

GUY, *en lui serrant les mains*

Merci, d'être venu apporter quelques consolations au pauvre prisonnier.

GEOFFROY

Tu es bien malheureux, cher Guy?

GUY

Oh, oui, bien malheureux, ami, ici, toujours seul, sans parents, sans amis; personne pour me plaindre et pour m'aimer. Je n'ai que mes larmes et mes souvenirs, ô mon Dieu! C'était un soir de fête, un grand personnage venait visiter le manoir. Il y avait une superbe illumination dans les jardins du château et mon père m'avait dit adieu de bonne heure. Les bruits de la fête arrivaient jusqu'à moi, et des sons harmonieux me berçaient doucement dans mon petit lit. Tout à coup je fus réveillé en sursaut; un combat acharné se livrait près de ma couche entre deux hommes. Le plus près de moi était mon vieux serviteur Guillaume, l'écuyer de mon père, l'autre était un inconnu dont le visage me parut méchant et sévère. J'avais peur et j'appelais au secours.

GEOFFROY

Pauvre Guy?

GUY

La lutte fut courte. Le vieux Guillaume tomba sur moi, frappé à mort, je le crains, et en un clin d'œil je fus baillonné, garrotté, porté sur un cheval qui partit au galop, et je suis arrivé à l'Aiguillon où je suis gardé à vue depuis trois ans.

GEOFFROY

Cher Guy, ton histoire est lamentable. Si je pouvais apporter à ta douleur un peu de consolation.

GUY

Ta seule présence, cher ami, est pour mon cœur un baume souverain, et dans ces longs mois d'exil et de prison ta cordiale amitié a été pour ma triste vie comme un rayon de soleil printanier au milieu d'un jour d'hiver. Mais je voudrais ne plus te quitter.

GEOFFROY

Hélas, cher ami, j'ai peur même de trop m'attarder ici et d'être fort grondé à mon retour à l'abbaye. Chaque soir, dans le grand cloître de l'abbaye aux pieds de la vieille madone aux regards si doux, je prie pour toi, et la nuit dernière, dans un rêve, il me semblait que nous étions ensemble et que la Vierge du cloître nous souriait doucement et nous promettait le bonheur.

GUY

Dieu t'entende, cher Geoffroy ; mais je suis égoïste, je ne pense qu'à moi. Toi-même, tu es malheureux, tu es orphelin, et tu n'as pas revu depuis longtemps le château de tes aïeux. Tu es de noble lignée pourtant, toi aussi, n'est-ce pas?

GEOFFROY

Oui, je suis, m'a-t-on dit, héritier d'un grand nom orphelin de père et de mère, j'ai été envoyé à Saint-Michel dès mon enfance pour y être élevé par les moines de l'abbaye. Mon oncle et tuteur le sire de Châtillon vient me voir de temps en temps.

Il paraît que des raisons politiques l'ont obligé à m'éloigner du pays de ma mère. Mais je dois retrouver un jour le trône seigneurial de mes pères. Quand je serai baron, riche et puissant, je ne t'oublierai pas, cher ami.

GUY

Merci, Geoffroy.

(*Un silence.*)

GEOFFROY

Que la mer est calme et belle, ce soir ! Que Dieu est puissant !

GUY

Oui, Geoffroy, il fait beau, le soir, au soleil couchant, admirer le Créateur dans ses œuvres, et une de mes seules consolations est de chanter à la fenêtre de ma tour une cantate au Dieu si bon qui a créé ces immensités.

GEOFFROY

Chantons ensemble, Guy, cette romance que tu as apprise sur les genoux de ta mère.

CANTATE

GUY

J'ai dans le cœur un souvenir unique
Que nul bonheur depuis n'a fait pâlir,
Je me souviens d'un vieux manoir gothique,
D'un chevalier qui venait nous bénir.

Refrain

Voix puissante des flots.
Va porter mes sanglots
A ma mère chérie
Dans la sainte Patrie.
Rends à mon pauvre cœur
Un rayon de bonheur,
Chasse le sombre orage
Loin de son doux rivage.

GEOFFROY

Je me souviens d'une femme si douce,
Qu'on croyait voir les saintes de l'autel.
Ma sœur et moi nous jouions dans la mousse,
Ce souvenir n'est-il pas un appel? (*Refrain.*)

GUY

Pauvre orphelin, abîmé de torture,
Je ne vois plus l'azur brillant du ciel.
La voix des flots dont j'entends le murmure
Me garde seule un espoir immortel. (*Refrain.*)

GEOFFROY

La douce voix, les baisers de ma mère,
Ne viennent plus comme un joyeux refrain,
A l'Eternel commencer ma prière,
Ni de mon cœur adoucir le chagrin. (*Refrain.*)

GUY

Nul ne nous plaint lorsque le mal nous presse,
Nul ne sourit à nos regards joyeux.
Nous grandissons, affamés de tendresse,
Sans qu'un baiser effleure nos cheveux. (*Refrain.*)

ENSEMBLE

Dieu d'autrefois, des genoux de nos mères,
Nos cœurs d'enfants ne t'ont point oublié.
Fais rayonner sur nos jours solitaires
Un peu d'amour et de sainte pitié.

Dernier refrain

Voix puissante des flots
Va porter mes sanglots
A ma mère chérie
Dans la sainte Patrie.
Redis-lui la douleur
Qui dévore mon cœur,
Et ma peine cruelle
S'adoucira près d'elle.

SCÈNE VI

LES MÊMES, AYMERY

AYMERY

Messire Geoffroy, votre oncle, le sire de Châtillon, arrive inopinément par ici. Je suis perdu s'il vous trouve ensemble.

LES ENFANTS

Ah ! mon Dieu !

AYMERY

A gauche, en entrant dans la tour, il y a une cachette à l'intérieur du mur. Messire Geoffroy s'y blottira pendant que vous, messire Guy, vous monterez dans vos appartements. Allons, vite, voici messire de Châtillon.

(Les trois personnages entrent dans la tour. Le sire de Châtillon et Roméo entrent en scéne),

SCENE VII

LE SIRE DE CHATILLON, ROMÉO

CHATILLON

Et vous pensez, Roméo, que les serviteurs de Commynes ont découvert la retraite du jeune Guy.

ROMÉO

Oui, messire, et d'après mes derniers renseignements, il doit être enlevé demain ou après-demain.

CHATILLON

Il faut le transporter à Talmont, vers le nord. Je possède à cet endroit un vieux castel abandonné au milieu d'une forêt de pins. Le jeune héritier du nom de Commynes, y sera en sûreté.

ROMÉO

Je me charge de ce transport, messire, il s'effectuera la nuit prochaine.

CHATILLON

Vous serez récompensé de vos services, Roméo; et quand mon neveu Geoffroy aura recueilli l'héritage de ses pères, quand nous aurons chassé Commynes de la baronnie, nous donnerons au condottiere un poste important.

ROMÉO

Je vous remercie, messire. Mais pourriez-vous me dire où en est la lutte entreprise par Charles le Téméraire contre Commynes?

CHATILLON

Depuis votre départ, rien n'est changé à notre situation. Voilà un mois bientôt que le duc de

Bourgogne et nos fidèles varlets entourent le château d'Argenton et essayent vainement de le prendre. Le vieux castel est trop bien fortifié. Depuis avant-hier les hostilités ont cessé et les troupes se sont éloignées de la baronnie. Le duc attend de nouvelles recrues des seigneurs d'Aquitaine pour recommencer la lutte. J'ai profité de cette trève pour venir voir mon neveu Geoffroy.

ROMÉO

Voici le géôlier.

SCÈNE VIII

LES MÊMES, AYMERY

AYMERY

Salut à vous, Monseigneur.

CHATILLON

Comment va votre prisonnier, Aymery ?

AYMERY

Messire, le jeune seigneur est dans ses appartements. Sa santé est toujours excellente.

CHATILLON

C'est bien ; nous allons monter le voir.
(*Ils rentrent dans la tour*).

SCÈNE IX

ROMÉO, *seul*

Il me promet un poste (*dédaigneux*) à la baronnie d'Argenton. Il me faut plus que cela. Les honneurs et les richesses viendront en leur temps. Ce que je veux, c'est ma vengeauce d'abord. Encore une fois cette nuit le fils de Commynes sera en mon pouvoir. Ah! que ne puis-je l'écraser, le fouler aux pieds, pour me venger de son père.

SCÈNE X

CHATILLON, ROMÉO, AYMERY

CHATILLON

Le jeune seigneur est toujours calme et tranquillle ; c'est bien Aymery (*Ce dernier s'incline*). Cette nuit le prisonnier changera de domicile. Je suis content de vos services, Aymery; vous le suivrez et vous aurez en tout à obéir à ce seigneur étranger.

AYMERY

Il sera fait suivant vos ordres.

(Ils sortent tous les trois)

SCÈNE XI

GEOFFROY, *seul.*

(Il regarde autour de lui avec inquiétude)

Tous partis! Ah! mon Dieu, que de mystères se sont éclaircis pour moi pendant ces quelques minutes. Je me nomme Geoffroy d'Argenton; mon ami Guy a été éxilé ici afin qu'à la mort de son père on me donne le titre seigneurial qui me revient de droit... mais, mon parti est pris. J'aime Guy comme un frère, je ne veux pas lui ravir l'héritage de son père, je ne veux pas régner sur Argenton en trahissant l'amitié. Avant tout, il faut sauver Guy et l'empêcher de tomber entre les mains de cet aventurier qui désire l'écraser et le fouler aux pieds. (*Les yeux au ciel, priant*). Seigneur, qui avez créé l'immensité de la terre et des cieux, venez à mon secours, sauvez Guy et daignez le soustraire à la fureur de ses ennemis.

(On aperçoit un petit canot qui arrive peu à peu sur la scène. Deux hommes le montent).

SCÈNE XII

GEOFFROY, GUILLAUME, UN BATELIER

GEOFFROY

Des inconnus; ils s'avancent avec précaution. Mon Dieu: ce sont peut-être des hommes qui vont emmener mon ami Guy. Plaçons-nous dans la cachette et écoutons.

GUILLAUME, *sautant sur la grève.*

Personne !... Le ciel seconde nos efforts. Tancrède, amarrez le bateau de l'autre côté du rocher et dissimulez-le aux regards indiscrets.

TANCRÈDE

Oui, seigneur écuyer. (*Il manœuvre dans ce but pendant que Guillaume examine la tour et regarde autour de lui*).

GUILLAUME

Le roi vit une châtelaine
Debout au balcon du manoir
Sa voix claire montait à peine
Dans le grand silence du soir.

(Pendant les mesures de l'orchestre qui suivent le premier couplet, il écoute avec anxiété. Bientôt Guy du fond de la tour, reprend le second couplet.)

GUY, *dans la tour.*

Il n'est pas, disait sa voix douce,
De plus beau chastel qu'Argenton
Il cache ses pieds dans la mousse
Pour perdre dans le ciel son front.

(Guillaume l'écoute avec joie).

GUILLAUME

Merci, mon Dieu. Je pensais bien que cette cantate n'aurait pas abandonné son souvenir malgré tant d'années écoulées.

(Il chantent ensemble le troisième couplet).

Le roi ravi, dit : par ma lance
Si ce pays vaut son renom
Et si je n'étais roi de France
Je serai baron d'Argenton.

GUILLAUME

Et maintenant que faire? Comment sauver cet enfant? Comment pénétrer jusqu'à sa prison? Seigneur Dieu! venez à mon aide, rendez l'enfant à son père; madone d'Argenton, sauvez l'héritier de la baronnie.

GEOFFROY, *paraissant.*

Je suis sûr, noble écuyer, que le ciel exaucera vos prières.

GUILLAUME, *vivement.*

Qui que vous soyez, messire, vous êtes mon prisonnier, et je ne vous laisserai la liberté qu'après la délivrance du captif qui gémit dans cette tour.

GEOFFROY, *repoussant doucement Guillaume.*

Oui, je suis votre prisonnier, et je sollicite même le bonheur de partir avec vous sur ce frêle esquif afin de partager la destinée de Guy.

GUILLAUME, *plus doucement*

Qui êtes-vous, enfant ?

GEOFFROY

Je m'appelle Geoffroy d'Argenton.

GUILLAUME, *étonné*

Geoffroy d'Argenton, le descendant de la famille qui régnait jadis sur la baronnie.

GEOFFROY

Lui-même ; mais je vous en prie, écuyer, croyez-le, je suis l'ami de votre maître, Guy de Commynes, et rien ne me fera trahir l'amitié.

GUILLAUME, *examinant l'enfant.*

Je vous crois, vous êtes un noble cœur et la sincérité brille dans vos regards. Mais que faire ? Messire Guy se trouve enfermé au sommet de cette tour. Comment parvenir jusqu'à lui ?

GEOFFROY

Un escalier tournant conduit directement du pied du vieux donjon à l'appartement qu'il occupe, Mais la porte de fer qui en interdit l'entrée est fermée solidement et à double tour.

GUILLAUME

Il faut nous procurer la clef. Connaissez-vous le geôlier ?

GEOFFROY

Le geôlier Aymery est un lâche, que la vue du

plus petit poignard met en fuite et qu'une bourse d'argent corrompt facilement. Le soleil descend à l'horizon; dans un instant on apportera au prisonnier le repas du soir. C'est à vous d'agir.

GUILLAUME

J'agirai.

GEOFFROY

Il y a un homme plus à craindre peut-être.

GUILLAUME

Lequel?

GEOFFROY

Un certain Italien qui a nom Roméo. Il vient d'arriver il y a quelques heures, et il est chargé de transporter cette nuit le jeune prisonnier au château de Talmont, de l'autre côté du golfe.

GUILLAUME

Soyez béni mon Dieu, j'arrive à temps.

GEOFFROY

Voici venir le geôlier.

GUILLAUME

Dissimulons-nous derrière la tour, et à la grâce de Dieu.

SCÈNE XIII

LES MÊMES, *cachés*, AYMERY

AYMERY

Je l'ai échappé belle. Le seigneur de Châtillon m'aurait fait bailler, je crois, quelques coups de bâton s'il avait su que je favorisais la rencontre des deux enfants. Mais où est le jeune Geoffroy? (*Il s'avance vers la tour*). Ce seigneur italien me déplait. Il est dur, méchant, difficile; j'aurai préféré obéir au sire de Châtillon. Mais il ne saurait tarder à arriver. Hâtons-nous. (*Comme il achève ces mots, Guillaume et Geoffroy arrivent. Guillaume bâillonne Aymery solidement et Geoffroy lui arrache les clefs de la prison*).

GUILLAUME, *en continuant d'attacher Aymery*.

Messire, vous avez les clefs de la prison. Hâtez-vous d'aller délivrer votre ami; je reste à garder le prisonnier et à lutter, s'il le faut, contre le bandit qui arrive.

GEOFFROY

J'y cours.

GUILLAUME, *achevant de ficeler le prisonnier et le jetant derrière la tour*

(*A mi-voix*). Vous êtes là, batelier?

LE BATELIER, *de même*.

Oui, messire.

GUILLAUME

Prêt à tout évènement?

LE BATELIER

Armé jusqu'aux dents.

GUILLAUME

Ne paraissez qu'en cas de nécessité absolue.

LE BATELIER

C'est bien.

SCÈNE XIV

LES MÊMES, *cachés*, ROMÉO, puis GEOFFROY et GUY

ROMÉO, *entrant.*

Où est ce geôlier de malheur? Comment n'est-il pas ici avec l'enfant! Le temps presse; il faut partir. (*Il fait mine de s'avancer vers la tour et voit les deux enfants qui en sortent*). Qu'est-ce-à-dire? (*A Geoffroy*). Qui êtes-vous?

GEOFFROY, *fièrement.*

Geoffroy d'Argenton, neveu du sire de Châtillon et ami de Guy de Commynes.

ROMÉO

Et vous désobéissez ainsi aux ordres de votre oncle. Allez, enfant, allez m'attendre à la ferme de l'Aiguillon; je vous ferai conduire avant la nuit à l'abbaye de Saint-Michel. Vous, Guy de Commynes, restez ici.

GUY

Et qui donc êtes-vous pour me donner des ordres? De quel droit commandez-vous avec tant de hauteur au fils du baron de Commynes?

ROMÉO, *ricanant.*

Aussi fier que son père; c'est bien, on viendra à bout de cet orgueil... Mais où donc est le geôlier?

GUILLAUME, *paraissant.*

Le voilà ton geôlier, il est hors d'état de te secourir. Quand j'aurai débarrassé la terre de ta vile personne, je lui donnerai la liberté.

(*Guillaume et Roméo mettent l'épée à la main*).

GUILLAUME

Allons, bandit, défends-toi.

ROMÉO

Qui es-tu?

GUILLAUME, *solennellement.*

Je suis le mandataire de la justice divine. Tu te souviens de cette horrible nuit pendant laquelle tu as enlevé cet enfant dans son berceau. Il n'y avait qu'un seul témoin de ce crime abominable, c'était moi, moi, son vieux serviteur, moi, qui suis maintenant devant toi et qui te demande sang pour sang...

ROMÉO

Ciel!

GUILLAUME

Tu te souviens, la lutte n'était pas égale : tu m'as pris en traître par derrière au moment où j'étais presque assoupi auprès du chevet de cet adolescent. Tu croyais m'avoir tué, mais le vieux Guillaume a la vie dure et le ciel me protégeait afin que je sois un jour le vengeur de l'innocence et le protecteur de ces enfants. (*A la fin de ces paroles, Roméo cherche à percer la poitrine de Guillaume au moment où ce dernier ne s'y attend pas, mais Guillaume est sur ses gardes*).

GUILLAUME

Ah! traître! (*Les épées se croisent et bientôt Roméo est désarmé.*) (*Il tombe, Guillaume va le percer de son glaive.*) Recommande ton âme à Dieu, lâche assassin.

GUY ET GEOFFROY, *à genoux.*

Grâce, Guillaume, au nom du ciel, grâce ;

GUILLAUME

Je ne sais rien refuser à l'innocence... Condottiere, tu vivras, mais nous allons te renfermer dans le plus obscur réduit de cette tour abandonnée et tu resteras prisonnier. (*En disant ces mots Guillaume se retourne pour montrer la tour et le geôlier. Pendant ce temps, Roméo, qui dissimulait un couteau sous son vêtement, se relève soudain et veut frapper Guillaume, mais le batelier veillait ; il se précipite, arrête le bras du meurtrier, il le terrasse, et Guillaume lui plonge un poignard dans le cœur.*)

GUILLAUME, *avec fureur.*

Meurs donc, serpent infernal. (*Roméo s'affaisse.*) (*Guillaume tend la main au batelier.*) Vous m'avez sauvé la vie, Tancrède, merci.

GUILLAUME

Partons ! (*Le batelier avance le bateau, ils y montent tous les quatre.*)

GUY

Où nous conduisez-vous ?

GUILLAUME

A la liberté et au foyer paternel.

GUY

Béni soit Dieu ! (*A Geoffroy.*) Cher ami, nous ne nous quitterons plus, mon père te fera élever au château d'Argenton. (*Ils s'embrassent. En partant ils chantent.*)

Le roi ravi, dit : par ma lance !
Si ce pays vaut son renom
Et si je n'étais roi de France,
Je serais baron d'Argenton.

SCÈNE XIII

ROMÉO, *seul.*

(*Il se lève et arrache le poignard de sa poitrine.*)
Ils ne connaissent pas les secrets des condottieri.
Toujours nous avons une cuirasse dissimulée sous
nos vêtements, et le fer le meilleur se brise sous
l'acier de la cotte de maille. J'ai été obligé de faire
le mort, je ne pouvais pas lutter contre deux. —
Mais tout n'est pas fini, écuyer Guillaume, je vois
où vous conduisez ces enfants, avant la fin du jour
nous nous rencontrerons et malheur à celui qui
tombe pour la seconde fois sous la main du condottiere Roméo. (*Il sort.*)

SCÈNE XIV

PHILIPPE, TALBOUEN, POUILLÉ

(*Ils s'avancent avec précaution*).

POUILLÉ

Il me semble que j'entendais parler ici tout à
l'heure... Mais voyez là-bas un homme détale à
toute allure.

TALBOUEN

Je ne me trompe pas, c'est le condottiere Roméo,
le ravisseur du pauvre Guy. Il est seul, il monte le
coteau, du côté de la route d'Angles.

PHILIPPE

Peut-être arrivons-nous trop tard! Hélas, hélas, mon cher enfant! Depuis que j'ai appris que Guy était prisonnier dans cette tour de l'Aiguillon, j'avais hâte d'y parvenir : mais Guillaume qui m'a précédé, où est-il?

(Pendant ces quelques mots, Pouillé fait le tour du donjon. On entend une exclamation d'étonnement et il revient traînant derrière lui Aymery baillonné et enchaîné).

POUILLÉ

Voilà peut-être quelqu'un qui nous donnera des nouvelles. Je viens de trouver cet homme derrière la tour.

PHILIPPE

Enlève-lui son baillon.

AYMERY, *les mains jointes.*

Ah pardon, pardon, Messeigneurs; je suis tout à fait innocent.

PHILIPPE

Qui es-tu?

AYMERY

Je me nomme Aymery. Je suis au service du comte de Châtillon, et j'étais chargé de garder la prison du jeune Guy de Commynes.

PHILIPPE

Ah, mon Dieu, et tu as les clefs.

AYMERY

Hélas non, je ne les ai plus; on vient de me les enlever.

PHILIPPE

Tu mens! où sont les clefs.

AYMERY

Sur mon baptême, Messire, je vous jure que je vous dis la vérité!

PHILIPPE, *montrant un poignard et une bourse.*

A toi de choisir! Si tu nous trompes, le poignard s'enfonce dans ta poitrine ; si tu nous découvres le moyen de ramener mon fils, cette bourse est à toi.

AYMERY

Soyez tranquille, Messire, je jure de vous dire la vérité. Je puis vous assurer que je ne tiens pas du tout au poignard et, que je ne dédaigne pas les écus d'or.

PHILIPPE

Parle vite. Où est mon fils?

AYMERY

Je ne sais.

PHILIPPE

Tu mens.

TALBOUEN

Laissez-le parlez, Messire.

PHILIPPE, *haletant.*

Parle.

AYMERY

Je vous jure que tout ce que je vais dire est la vérité. Le jeune prisonnier que j'aimais bien et dont j'admirais la douceur et la piété, vient d'être enlevé en bateau par un écuyer nommé Guillaume.

Un batelier et lui ont terrassé le condottiere Roméo, et ils sont partis pour aller je crois à l'abbaye de St-Jean-d'Orbestier. Malheureusement le bandit Roméo n'a pas été tué; aussitôt le départ des prisonniers il s'est relevé et a déclaré que le poignard avait été arrêté par une cotte de maille, et il est parti dans la direction du bateau. Heureusement qu'il ne m'a pas vu autrement il m'aurait tué comme un chien. Il importe, Messire, que vous arriviez avant lui à l'abbaye de Saint-Jean.

PHILIPPE

Brave Guillaume, toujours à son devoir. Tu vas nous conduire à Saint-Jean-d'Orbestier et nous verrons si tu nous as dit la vérité.

AYMERY

A vos ordres, Messire, je vous suis tout dévoué... Si je retombais entre les mains du comte de Châtillon ou du seigneur Roméo, je ne donne pas deux sous de ma peau.

PHILIPPE

C'est bien, nous te suivons.

(Ils sortent).

(La toile tombe).

ACTE DEUXIÈME

La scène représente le cloître de l'abbaye de Saint-Jean-
d'Orbestier (xiv° siècle). Au premier plan, à droite, une
porte donnant sur l'extérieur ; à gauche, les cloîtres.
Au lever du rideau un moine est assis auprès du guichet
d'entrée ; il égraine son chapelet. — La cloche du monastère résonne. On entend une musique religieuse. On
aperçoit dans le fond du cloître, une procession de
moines qui se rendent à la chapelle. (*Ils chantent*).

SCENE PREMIERE

LES MOINES

CHŒUR

Dieu Sauveur
Dès l'aurore,
De tout cœur
Je t'implore,
Seigneur Dieu
Qu'on t'adore
En tout lieu.

UN MOINE

Celui que le Seigneur aime,
Dès l'aurore entend sa voix,
O bienheureux mille fois
Qui se donne à Dieu lui-même.
(*Le chœur reprend*)

(*La procession entre dans la chapelle : on entend la
fin du chœur dans le lointain. Vers la fin du chant
la cloche retentit. Le Frère portier va ouvrir.
Entrent Guillaume et les deux enfants*).

SCÈNE II

GUILLAUME, GEOFFROY, GUY,
LE FRÈRE PORTIER

LE FRÈRE PORTIER

Dieu vous bénisse, messires! Quels sont les désirs de vos seigneuries?

GUILLAUME

Nous désirons voir le Révérend Père Abbé, vénéré frère, afin de lui demander l'hospitalité.

LE FRÈRE PORTIER

Notre révérendissime Père Abbé préside en ce moment l'oraison. Veuillez attendre ici, je vais avertir Sa Révérence.

SCÈNE III

LES MÊMES, moins Le FRÈRE PORTIER

GEOFFROY

Quelles émotions, cher Guy, deux fois nous avons failli tomber entre les mains de nos ennemis.

GUY

Et mon père?

GUILLAUME

Si j'ai bien compris la conversation des bandits lorsque nous étions cachés dans les souterrains de Talmont, le château d'Argenton est libre et votre père, qui sait où vous êtes par Aymery, ne tardera pas à venir à l'abbaye. Vous le verrez bientôt.

GUY

Hélas! Guillaume, cette joie me sera-elle rendue.

GEOFFROY, *amicalement*

Courage, cher Guy; Dieu nous protège visible-
ment. Nous avons échappé à la rage de tes ennemis
et nous voilà, maintenant, dans une maison sainte,
asile sacré, où le duc de Bourgogne lui-même
n'oserait pas venir nous enlever.

GUILLAUME, *hésitant*

Espérons-le, messire!

(*Le Frère portier revient.*)

LE FRERE

Voici venir le Révérend Père Abbé de Saint-
Jean.

SCÈNE IV

LES MÊMES, L'ABBÉ, MONCONTOUR, BERCAL,
MOINES

(*La porte de la chapelle s'ouvre, et les moines
défilent en chantant.*)

LE CHŒUR

Dieu Sauveur
Dès l'aurore,
De tout cœur
Je t'implore.
Seigneur Dieu
Qu'on t'adore
En tous lieux

(*Les moines s'éloignent. Le Révérend Père Abbé,
appuyé sur sa crosse, s'avance accompagné*

de deux chevaliers. Il arrive sur le devant de la scène. Le Frère portier et Guillaume mettent un genou en terre. Les deux enfants embrassent la main du Père Abbé.)

L'ABBÉ

Soyez les bienvenus dans notre abbaye, mes enfants! Que demandez-vous? (*à Guillaume.*) Vous, messire écuyer, répondez.

GUILLAUME

Mon Révérend Père, Votre Révérence a devant elle l'unique héritier de la baronnie d'Argenton, Guy de Commynes. Il a été enlevé à son père depuis longtemps, par la jalousie des seigneurs des environs. La nuit dernière j'ai réussi à tromper la vigilance de ses gardiens et je l'ai amené ici avec un jeune seigneur de ses amis. Mais nous avons été surpris par les troupes du duc de Bourgogne, qui cherche à ravir à Philippe de Commynes sa belle seigneurie et à faire disparaître son unique héritier. Nous nous sommes enfuis, et, comptant sur l'hospitalité de Votre Révérence, nous avons gagné en toute hâte l'abbaye de Saint-Jean-d'Orbestier.

L'ABBÉ

Et vous avez bien fait, messire. Vous êtes ici les bienvenus. L'abbaye est un asile inviolable, et au besoin nos fidèles chevaliers sauraient défendre les droits du monastère contre le duc Charles lui-même. (*Signe d'assentiment des chevaliers.*) J'ai entendu parler des évènements d'Argenton. L'enlèvement de cet enfant est une félonie et une injustice. Il sera le bienvenu dans l'abbaye,

lui et ses compagnons. Messire de Bercal, conduisez ces jeunes seigneurs aux logements réservés
aux hôtes de distinction. Messire de Moncontour,
restez ici.

GUY

Merci, révérendissisme Père, de votre hospitalité et de votre protection. Que Dieu répande sur
Votre Révérence et sur son abbaye ses grâces et
ses bénédictions !

L'ABBÉ

Dieu vous garde, mes enfants ! (*Ils sortent. — Le
Frère portier s'éloigne dans le cloître.*)

SCENE V

L'ABBÉ, LE CHEVALIER DE MONCONTOUR,
LE FRÈRE PORTIER

L'ABBÉ

J'ai reçu hier soir une missive secrète m'annon-
çant que le roi Louis XI voyageait dans les environs ; l'abbaye est sur son chemin et la tempête
qui se prépare peut obliger Sa Majesté à passer la
nuit à Saint-Jean. Le roi voyage incognito avec
une petite escorte, mais il importe de le recevoir
avec les égards dus à son rang. Je vous charge de
ce soin ; messire, mais vous garderez à ce sujet le
silence le plus absolu.

MONCONTOUR

Oui, Monseigneur. (*On entend la cloche du
couvent. — Le Frère portier va ouvrir*).

L'ABBÉ

Vous veillerez aussi, messire, sur les jeunes seigneurs que nous venons de recevoir. Leur cause me paraît juste et vous avez juré le jour de votre sacre de défendre partout la justice surtout chez les petits et les orphelins.

MONCONTOUR

Votre Révérence peut être sûre de mon zèle.

LE FRÈRE PORTIER, revenant.

Mon révérendissime père, un seigneur demande l'hospitalité cette nuit à l'abbaye avec son escorte.

L'ABBÉ

Il se nomme?

LE FRÈRE PORTIER

Charles, duc de Montgazon.

L'ABBÉ, à Moncontour.

Nom inconnu! (*Signe d'assentiment du chevalier*; (*Haut*). Allez, mon Frère, ouvrez à ces chevaliers. (*Le Frère s'incline et sort*). Moncontour, vous recevrez en mon nom ces visiteurs, je compte sur votre vigilance. (*Moncontour s'incline l'Abbé sort*).

SCÈNE VI

MONCONTOUR, LE FRÈRE PORTIER, LE DUC
ROMEO, QUELQUES SOLDATS.

MONCONTOUR, au duc.

Que monseigneur le duc soit le bienvenu à l'abbaye de St-Jean, au nom de Sa Révérence le

Père Abbé du monastère, je rends à sa seigneurie les hommages qui lui sont dus.

LE DUC

Merci, noble chevalier : en attendant l'honneur de présenter mes hommages et mes remerciements au Révérend Père Abbé, chargez-vous, messire, de lui témoigner ma reconnaissance.

MONCONTOUR

Je m'acquitterai du message, monseigneur. (*A part*). Le son de cette voix, cet extérieur si imposant, ce langage altier.

ROMÉO, *au duc*

Je connais ce chevalier, messire duc, c'est un seigneur poitevin, il a nom Moncontour, il a combattu à Péronne au service du roi de France. Méfiez-vous.

MONCONTOUR, *à part*

C'est bien lui, c'est le duc de Bourgogne. (*Haut*). Messire, veuillez me suivre, je vais conduire votre seigneurie et les vaillants féaux qui l'accompagnent aux appartements qui leur sont préparés. (*Il s'écarte, les seigneurs passent*). (*A part*). Le roi de France et le duc de Bourgogne sous le même toit, curieuse coïncidence.

SCÈNE VII

GUY, GEOFFROY

(*L'orchestre joue la ballade d'Argenton*). (*Guy et Geoffroy entrent par le fond du cloître en se tenant par la main. — Ils chantent ensemble*).

1ᵉʳ Couplet

Si le bon Dieu ne m'eût fait naître
Au service du comte Odon,
Bien sûr je choisirais pour maître
Le noble sire d'Argenton.

2ᵉ Couplet

Le roi Louis dit : « Par ma lance,
« Si ce pays vaut son renom,
« Et si je n'étais roi de France,
« Je serais baron d'Argenton.

GUY

Nous sommes enfin en sûreté dans ce pieux monastère; mais je suis plein d'inquiétude pour l'avenir. Il me semble que je ne reverrai plus les riantes vallées d'Argenton.

GEOFFROY

Pourquoi ces pensées si tristes, cher Guy. Je crois, au contraire que nos cœurs doivent s'ouvrir à l'espérance. Sans doute nous aurions pu arriver cette nuit au manoir d'Argenton; mais il faut toujours cher ami, bénir la main du Seigneur et voir en tout sa divine providence.

GUY

Tu as raison, Geoffroy, tu me rappelles les leçons de ma mère, lorsque, penchée sur mon berceau, elle m'enseignait les choses de Dieu et me parlait du ciel.

GEOFFROY

Tu as entendu ce que nous disait le Révérend Père Abbé tout à l'heure; nous devons toujours mettre notre confiance en Dieu. Lui seul est parfaitement bon, et rien n'arrive sans sa permission.

GUY

Comme il a été doux et bienveillant, l'illustre abbé de St-Jean-d'Orbestier.

GEOFFROY

Il m'a promis de me défendre même contre les colères de mon oncle, le comte Châtillon.

GUY

Il m'a dit qu'il ferait ses efforts pour me rendre à mon père et à mon vieux manoir d'Argenton.

(Entrent furtivement Roméo et le duc)

GEOFFROY

Tu vois, cher Guy, que loin de nous désespérer, nous devons au contraire espérer de plus en plus,

SCÈNE VIII

LES MÊMES, LE DUC DE BOURGOGNE, ROMÉO

ROMÉO, *à part.*

Mon Dieu, je ne me trompe pas, ce sont nos jeunes fugitifs. Le fils de Commynes et son ami d'Argenton.

LE DUC

Arrêtons-les.

GEOFFROY, *à part.*

Que vois je, Roméo, le traître. Il a échappé au poignard de Guillaume. Nous sommes perdus. Viens Guy : Guillaume à l'aide ! *(Roméo traverse le cloître et les arrête).*

ROMÉO

Holà, gentils sires, vous voilà pris en cage (*Il veut les ramener sur le devant du théâtre, ils résistent et appellent à l'aide*). (*Entre Guillaume; il aperçoit Roméo*).

SCENE IX

LES MÊMES, GUILLAUME

GUILLAUME, *à part*.

Ah! le misérable!... vivant !... (*Guillaume se plaçant entre les enfants et Charles le Téméraire. La main sur la garde de son épée.*) Si nous n'étions pas dans un asile sacré, je défendrais ces enfants avec l'épée.

LE DUC

Quel est cet insolent, ce manant, ce... qui vient me faire la leçon. Sais-tu vil écuyer à qui tu as affaire?

GUILLAUME

Je ne sais, messire, mais à vous voir accompagné d'un pareil bandit (*il montre Roméo*), je doute que vous soyez un vaillant et un féal.

LE DUC

Tu me braves, ignorant sans doute que je suis duc et l'un des plus puissants seigneurs de la chrétienté?

GUILLAUME

Fussiez-vous le roi de France !

LE DUC

Le roi serait quelquefois heureux de n'être que mon vassal, et non pas mon prisonnier.

GUILLAUME

Seriez-vous mieux encore, seriez-vous l'empereur, rien ne m'empêcherait de vous dire la vérité. Plus humiliante et plus déshonorante pour vous est la compagnie d'un monstre tel que cet homme.

ROMÉO, *l'épée à la main.*

Misérable !

LE DUC

Arrêtez, Roméo, cet homme est un brave, et j'aime la bravoure et la franchise.

(Au bruit qu'ils font, le chevalier de Moncontour arrive avec trois ou quatre chevaliers.)

SCENE X

LES MÊMES, MONCONTOUR, CHEVALIERS

MONCONTOUR

Qu'y a-t-il ? Que vois-je ? des épées nues ; messires, n'oubliez pas, au nom du ciel, que l'abbaye de Saint-Jean est le séjour de la prière et qu'on ne doit pas transformer ses cloîtres en champs de bataille.

(Le duc veut parler).

ROMÉO, *au duc à voix basse.*

Taisez-vous, monseigneur, nous ne pouvons rien faire pour le moment, mais nous userons de ruse.

GUILLAUME

Venez, messires. (*Il entraîne les enfants.*)

LE DUC, *à part.*

L'énergie de ce vieillard me plaît. (*Haut.*)Nous sommes désolés, messire, d'avoir troublé la tranquilité du cloître, une qnerelle d'écuyers en a été la cause, désormais nous resterons tranquilles.

MONCONTOUR

Monseigneur, votre parole nous suffit. (*Les chevaliers sortent.*)

SCENE XI

LE DUC, ROMÉO

LE DUC

Nous sommes seuls, Roméo, expliquez-moi les évènements. Pour ma part, sachant le château d'Argenton, admirablement défendu, je suis venu au-devant du roi de France qui, si j'en crois les instructions sûres que j'ai reçues, ne doit pas être loin d'ici... J'ai rencontré les nôtres près de Talmont; je vous avais emmené en reconnaissance, et vous savez comment, surpris par le commencement de la tempête qui ne saurait tarder à éclater, nous avons été obligés d'entrer dans cette célèbre abbaye.

ROMÉO

Et c'est un heureux hasard qui nous met en présence de cet enfant que nous cherchons.

LE DUC

Comment a-t-il échappé à vos pièges?

ROMÉO

Monseigneur, nos précautions étaient bien prises, mais nous avons été trahis. Un des nôtres, qui, du reste, a payé de sa vie sa trahison, a ouvert la prison au vieux Guillaume, cet écuyer insolent qui accompagne les enfants; ils sont partis en bateau et avec le jeune de Chatillon.

LE DUC

Et maintenant, que faire?

ROMÉO

Monseigneur, j'ai cru remarquer parmi les chevaliers de l'abbaye un certain sire de Bercal que j'ai vu à Péronne, il est ambitieux, promettez-lui des honneurs, il vous fournira les moyens de vous emparer sans esclandre du fils de Commynes.

LE DUC

Allez chercher ce chevalier. (*Roméo sort.*)

SCENE XII

LE DUC, *seul*

(Il marche à pas lents et examine longuement le cloître.)

J'envie le sort de ces moines qui mènent une vie si pacifique et si calme à l'ombre de ces gracieux édifices, dans ce cloître si beau... (*Il marche.*) Quelle différence de vie? Ici, la paix, la prière, la charité, la bonté... Dans nos palais du monde, la guerre, l'oubli de Dieu, les larmes, les meurtres, le sang... Etrange vie que la mienne!... Toujours poursuivre des rêves d'ambition ou des désirs de vengeance. Faire périr des hommes pour satisfaire mes passions. Quelle vie et quel compte à rendre à Dieu au dernier jour. (*On entend du bruit.*) Mais voilà notre chevalier et ce coquin de Roméo. — Chassons ces pensées trop tristes et trop sérieuses. (*Entrent Roméo et Bercal.*)

SCENE XIII

LE DUC, ROMÉO, BERCAL

LE DUC, *avec hauteur*.

Vous parlez, messire chevalier, au prince Charles de Lorraine, duc de Bourgogne. (*Mouvement de Bercal; il s'incline respectueusement.*) J'ai l'intention de vous appeler à ma cour de Dijon et de vous y donner une situation importante.

BERCAL

Monseigneur!

LE DUC

Il me semble que les fêtes et les honneurs du palais de Bourgogne sont plus gais, plus brillants et plus dignes de vous que les cérémonies religieuses et les tristes cloîtres de Saint-Jean d'Orbestier.

BERCAL

Monseigneur, tant de bontés !..

LE DUC

Mais il faut avant tout me rendre un service.

BERCAL

Je suis à la disposition de votre seigneurie.

LE DUC

Connaissez-vous quelque moyen de sortir de l'abbaye la nuit par un chemin secret?

BERCAL

Un long souterrain passant au-dessous des marais du Veillon, communique avec les caveaux de Talmont, et va déboucher auprès de la route de Luçon, non loin d'Avrillé. (*Le duc et Roméo échangent un regard d'intelligence.*)

LE DUC

Pourriez-vous nous conduire à travers ce souterrain?

BERCAL

Et pour prix de ma trahison?

LE DUC

Une place à la cour de Bourgogne et la baronnie de Xanfrain en Lorraine.

BERCAL

J'accepte !

LE DUC

Un dernier mot, baron de Xanfrain, quel est votre service la nuit prochaine?

BERCAL

Je monte la garde auprès des appartements des deux jeunes seigneurs que notre Révérend Père Abbé entoure d'une affection particulière.

LE DUC

C'est parfait. Le diable nous protège. Vous

n'avez qu'une chose à faire. Envoyez le vieil écuyer qui accompagne les deux seigneurs prendre du repos : dites-lui qu'il peut compter sur vous.

BERCAL

C'est entendu.
(*On sonne. — Le Frère portier va ouvrir.*)

BERCAL

Voici sans doute le puissant seigneur que Sa Révérence l'Abbé de Saint-Jean attend à la tombée de la nuit.

LE DUC

Partons !... (*On entend l'orage.*) La tempête sera terrible cette nuit; les éléments sont aussi pour nous.
(*Entrent le roi et sa suite d'un côté, de l'autre Moncontour et deux chevaliers.*) (*Roméo se cache derrière un pilier du cloître.*)

SCENE XIV

LE ROI, MONCONTOUR, ROMÉO, *caché*,
LE FRÈRE PORTIER, *suite du roi*.

MONCONTOUR

Monseigneur, Votre Seigneurie est attendue dans la grande salle capitulaire par sa Révérence le Père Abbé de Saint-Jean. Veuillez me suivre; je vais avoir l'honneur de vous conduire.

LE ROI

Je vous suis, chevalier.

(*Ils sortent.*)

Roméo rentre à gauche avec précaution.)

SCENE XV

ROMÉO, *à part.*

Quel est ce personnage que l'on reçoit ici avec tant d'honneurs? Charles le Téméraire qui s'est présenté avec son titre de duc n'a pas été reçu avec une si grande solennité : est-ce un duc, un pair du royaume, un prince de sang, un envoyé du roi. Eclaircissons ce mystère... (*Il s'avance pour sortir. La tempête gronde un peu.*) L'orage s'avance. La nuit vient. Il est temps d'agir. (*On entend la cloche du couvent.*) Les moines se rendent à l'office. Partons.

SCÈNE XVI

LES MOINES, *puis* LE ROI *et* L'ABBÉ

CHŒUR DES MOINES

Dieu sauveur
Dès l'aurore,
De tout cœur
Je t'implore
Seigneur Dieu
Qu'on t'adore
En tout lieu.

UN MOINE

Celui que le Seigneur aime
Au crépuscule à genoux
Implore pardon pour tous
Et pour le méchant lui-même.

(*Reprise du chœur*).

(*Pendant la reprise du chœur, le roi arrive par la droite. La tempête augmente*). (*Le roi regarde les*

*moines entrer dans la chapelle, il paraît pensif et
suit mélancoliquement des yeux la procession. Quand
elle est partie, il murmure doucement les derniers
mots du chant).*

LE ROI
Implore pardon pour tous
Et pour le méchant lui-même.

Ah! si ces moines priaient pour moi qui suis un
pêcheur aussi, plus que tous les autres peut-être!
(*Un silence. La tempête gronde*). Que vois-je? Qui
s'avance par là? Un moine! Est-ce un ange?...
Est-ce le spectre d'une de mes victimes?...

L'ABBÉ, *arrivant.*
Non, sire, ce n'est ni un ange ni un spectre...
C'est l'abbé de cet illustre monastère où va, dans
cette terrible nuit, reposer votre tête coupable.

LE ROI, *tremblant.*
Dieu!... Est-ce bien vous, mon Père, qui tout à
l'heure me parliez si respectueusement?

L'ABBÉ
Moi-même, je savais qui vous étiez, sire, mais je
vous ai reçu comme un fidèle vassal reçoit son
suzerain... A cette heure, je viens vous parler en
ministre du Christ.

LE ROI
Oui, vous venez m'apporter le pardon de mes
crimes. Oh! merci! (*Il tombe à genoux*).

L'ABBÉ
Relevez-vous, sire, pour être pardonné, il faut
auparavant accorder le pardon aux autres. C'est

Dieu lui-même qui l'a dit : Soyez miséricordieux et vous obtiendrez miséricorde.

LE ROI

Miséricorde! oui, mon Père, oui je la ferai, mais avant tout, miséricorde pour moi (*L'orage redouble*).

L'ABBÉ, *avec solennité*

C'est la voix du ciel qui vous répond, mon fils, allez dans ce cloître saint, au milieu de cette obcurité, pendant cette horrible tempête, puisse cette voix du Dieu grand et terrible retentir à vos oreilles coupables et vous faire comprendre vos crimes. Nous nous verrons demain. Adieu, mon fils.

(L'Abbé sort tranquillement pendant que la tempête augmente de fureur).

SCÈNE XVII

LE ROI, *seul*.

Le roi tombe à genoux en murmurant : « Miséricorde! miséricorde! » (Un silence, il se relève)

(Une voix dans le lointain).

Celui que le Seigneur aime
Au crépuscule à genoux
Implore pardon pour tous
Et pour le méchant lui-même,

LE ROI, *doucement*.

Pardon, oui, pardon pour le roi de France (*L'orage redouble*). (*Plus fort*). Oui, je les vois mes victimes ; là-bas, là-bas... une cage de fer, La

Balue, en robe rouge, en costume de feu. Que vois-je autour ! (*des éclairs*). O mon frère, Nemours, Saint-Pol. Oh ! pardon, pardon ? (*Il tombe à genoux, enlève son chapeau et baise la madone qui y est attachée*). O Notre-Dame d'Embrun, pardon et protection pour le roi de France, pour moi, votre serviteur.

SCÈNE XVIII

LE ROI, LE DUC

LE DUC, *s'approchant*

Quelle nuit !... Quelle terrible nuit !... (*Le roi soupire.*) (*Le duc, à mi-voix*). J'ai entendu quelqu'un... Qui va là !... (*un éclair*) un homme... un chevalier !

LE ROI

Nemours, mon frère, non, pitié. C'est moi, c'est le roi.

LE DUC, *s'approchant.*

C'est un fou. (*Un éclair*). Non c'est bien lui. (*A part*). Ah ! je comprends, toujours ces terreurs superstitieuses... Il a peur... Quelle joie ! je vais l'humilier. (*Il avance. A haute voix*). Sire !... (*Le roi recule*).

LE ROI

Non, je t'en prie, n'avance pas. (*Tonnerre*). Qui es-tu ? (*Un silence*). Tu ne réponds pas ! Es-tu le cardinal ? (*Un éclair*). Je te vois. ton front est ceint de la couronne ducale. Quel duc es-tu ? duc de Guyenne, duc d'Alençon, duc de Nemours !...

LE DUC

Duc de Bourgogne !...

LE ROI

Tu mens !

LE DUC

Comte de Charolais, ton émule, ton adversaire, ton vainqueur.

LE ROI

Tu mens, Louis XI n'est vaincu par personne.

LE DUC

Souviens-toi de Montléry. Souviens-toi de Péronne.

LE ROI

Tu mens.

LE DUC

Regarde-moi. (*Un éclair*).

LE ROI, *vivement.*

C'est vrai (*à part*). Je n'ai plus affaire à un spectre ; ma frayeur diminue (*haut*). Que viens-tu faire ici ?

LE DUC

Jouir de ta frayeur et te rappeler tes crimes.

LE ROI

Insolent ! (*Mouvement du duc*). Et les tiens ?... Tu n'as pas peur de Dieu ?

LE DUC, *riant.*

Peur, moi... La frayeur est faite pour le roi de France.

LE ROI

Le roi de France a peur de Dieu ; le duc de Bourgogne a peur des femmes. Souviens-toi du siège de Beauvais et de Jeanne Hachette, dont le courage t'a fait reculer.

LE DUC

Le roi de France a peur des spectres (*railleur*). Ah ! Nemours ... Alençon,... Saint-Pol!... Tu les as fait mourir dans les supplices ; mais tu en as peur... lâche ! Oh ! si les sujets d'un roi de France voyaient leur suzerain en si piteux état. (*Pendant ce temps la tempête continue*).

LE ROI, *furieux.*

C'est toi-même qui es un lâche. Trois fois plus lâche que moi. Tu le vois, ma main tremble, l'obscurité est profonde, je ne puis rien pour me défendre, et tu m'insultes comme si je pouvais manier une épée ! Voyons, sois homme de cœur, profite d'un éclair, enfonce ton poignard dans mon sein ; tu le sais le roi de France aime mieux la mort que l'injure et l'infamie.

LE DUC, *avec calme.*

Fi ! mon royal cousin ; dans un asile sacré. répandre le sang d'un roi sans défense... Nous nous rencontrerons, peut-être avant peu sur un champ de bataille. (*Un coup de sifflet retentit*).

LE ROI

Le sang te fait peur ? tu plaisantes, comte de Charolais. A Nesle, tu le sais bien, dans l'enceinte de l'église, ton cheval avait du sang jusqu'au poitrail. (*Second coup de sifflet*).

LE DUC, *froidement*.

Ce sont les fruits de l'arbre de la guerre (*railleur*).
Au revoir, sire, à bientôt sous les murs d'Argenton.
(*Il sort*).

SCENE XIX

LE ROI, *seul*.

(*La tempête s'éloigne*)

Est-ce un rêve?... (*Un silence*). Non, ce n'est pas
un rêve. Mais, ces coups de sifflet, c'est un signal...
Un piège, peut-être. Charles de Bourgogne n'est
pas seul ici... On va m'entourer, m'enfermer dans
une cage de fer... Mettre ma tête sur le billot!..
(*On entend des cris : Trahison ! Trahison !*)

(*Le roi tombe à genoux et baise sa madone. —
Bientôt des moines arrivent sur la scène portant
des torches. — Le roi se relève plus calme. —
L'abbé est suivi de Guillaume et de plusieurs chevaliers. La suite du roi entre par le côté opposé*).

SCENE XX

LE ROI, L'ABBÉ, GUILLAUME, MONCONTOUR, GEOFFROY, CHEVALIERS, MOINES, SUITE DU ROI.

GUILLAUME

Oh! oui, que votre Révérence vienne à mon
secours! Qu'elle sauve mon jeune maître de la
rage de ses ennemis. Ils l'ont enlevé pendant son
sommeil, ainsi que son ami Geoffroy d'Argenton.

L'ABBÉ

Soyez patient, mon ami. Dieu vient au secours

du faible et protège l'orphelin. — Tous ici, nobles, manants, moines et clercs, saluez ; vous avez devant vous Louis XI, roi de France. (*Tous s'inclinent*).

LE ROI, *vivement.*

Mon père!...

L'ABBÉ

Une nécessité m'oblige à découvrir votre présence ici, sire. Un grand crime, un sacrilège, a été commis dans cette abbaye sainte. Il appartient au roi de le venger. Un enfant, hôte de ce monastère, le fils du baron d'Argenton, vient d'être enlevé avec son ami Geoffroy, pendant son repos. Un traitre a ouvert à ses ravisseurs les souterrains secrets ; ils fuient, mais ils ne peuvent être loin... A vous, sire, de défendre cet enfant et de punir ses ennemis.

LE ROI

Mon père, merci, je connais mon devoir, il suffit de signaler au roi une injustice à réparer.

SCÈNE XXI

LES MÊMES, PHILIPPE DE COMMYNES, LE COURRIER DU ROI

PHILIPPE

Sire, je salue Votre Majesté, je vous cherchais et je cherchais en même temps mon fils : un messager m'avait appris qu'il était réfugié à l'abbaye de Saint-Jean-d'Orbestier, dans les terres du prince de Talmont.

LE ROI

Oui, mon cher ami, votre jeune fils était réfugié

ici, mais un traître, soudoyé par le perfide Charles le Téméraire, vient de l'enlever pendant la nuit, et nous partions pour le retrouver et poursuivre les ravisseurs.

PHILIPPE

Ciel... Quel malheur... Merci, sire, merci de vouloir bien vous occuper de mon cher enfant.

LE COURRIER DU ROI, *genoux en terre.*

Sire, voici les lettres et les dépêches destinées à Votre Majesté.

(Le roi les prend et brise les sceaux de plusieurs).

PHILIPPE, *au P. Abbé.*

Excusez le désespoir d'un pauvre père, mon chagrin m'a empêché de saluer Votre Révérence.

LE P. ABBÉ, *allant à lui et le consolant.*

Je le comprends, messire... Votre enfant vous sera rendu ! Nous le désirons d'autant plus vivement que dans le cloître de notre abbaye votre fils était pour nous un dépôt sacré : nous avions su déjà apprécier sa piété, son intelligence et la délicate pureté de son cœur. Vous le retrouverez bientôt. Comptez sur la protection du Ciel et sur la vaillante épée du noble roi de France.

LE ROI

Oui, noble ami, comptez sur moi. Quel est le chef de vos chevaliers ?

MONCONTOUR

Moi sire.

LE ROI

Donnez des ordres et que dans un instant tous vos soldats soient prêts à partir.

MONCONTOUR

Dans quelques minutes, nous serons aux ordres de Votre Majesté. (*Il sort*).

L'ABBÉ

Nous allons prier pour le succès de votre noble entreprise. (*Il sort avec les moines*).

SCÈNE XXII

LE ROI, PHILIPPE, puis AYMERY

LE ROI

Je trouve dans mon courrier une missive aux armes de la république de Venise. Son Excellence le Doge, gouverneur de la puissante ville, m'annonce officiellement que son gouvernement vient d'acquérir le petit royaume de Chypre, à la suite de la mort du dernier roi, Jacques de Lusignan, originaire du pays poitevin. Il avait épousé Catherine Comaro, fille d'un patricien de Venise. Il importe que la France soit représentée aux fêtes vénitiennes par un Seigneur poitevin. Philippe de Commynes, baron d'Argenton, je vous nomme ambassadeur extraordinaire du roi de France à ces fêtes solennelles.

PHILIPPE

Sire, je suis touché de la bonté de Votre Majesté, mais dans les circonstances pénibles où je me trouve, je me dois tout entier à la recherche de mon enfant.

AYMERY, *entrant précipitamment.*

Sire, et vous, seigneur d'Argenton, je vous apporte des nouvelles de messire Guy.

PHILIPPE

Parlez, parlez vite. Il est mort !

AYMERY

Il vit !

PHILIPPE

Dieu soit béni.

AYMERY

Mais, son terrible ennemi, Roméo l'entraîne dans son pays de la Vénétie.

PHILIPPE ET LE ROI

La Vénétie.

AYMERY

Voici ce que j'ai appris de l'écuyer Guillaume, et je suis chargé de vous le faire savoir : A quelques kilomètres d'ici, la troupe de traîtres qui a enlevé les jeunes gens Guy et Geoffroy s'est arrêtée... Le duc de Bourgogne, le comte de Chatillon ont fait leurs plans, ils vont vers Limoges, puis de là ils se rendent en Bourgogne, où le duc est rappelé en toute hâte, et ils emmènent avec eux le jeune Geoffroy, pour le plus grand désespoir des deux enfants.

PHILIPPE

Et mon fils Guy ?

AYMERY

Votre fils sera emmené par le condottiere italien Roméo. Il a promis aux Seigneurs poitevins de ne pas verser le sang de l'enfant, mais il l'entraîne avec lui pour satisfaire, dit-il, une vengeance personnelle.

PHILIPPE

O mon Dieu !...

LE ROI

Nous atteindrons le Téméraire avant Limoges et vous retrouverez votre fils, Philippe, mais où vont-ils ?

AYMERY

Sur le chemin de l'Italie... C'est tout ce que j'ai appris... Mais Guillaume m'a prié de vous dire qu'il suivait pas à pas le condottiere et qu'avec la grâce de Dieu il ramènerait le jeune Seigneur.

LE ROI

Voilà donc, cher ami, que le Ciel nous guide lui-même ! Vous êtes l'ambassadeur de France en Vénétie. Vous suivez le chemin qui conduit en Italie et vous retrouverez votre fils. Pour moi, je poursuis Charles de Bourgogne : je continue ma lutte contre le Téméraire... (*Entrent Moncontour, le chevalier et les soldats*). Partons, nous retrouverons les troupes royales dans la forêt de Mervent. Allons, messires et vaillants soldats, sous la bannière du Roi de France pour venger le droit et la justice, en avant ! Montjoie et Saint-Denis.

TOUS

Montjoie et Saint-Denis.

(*La toile tombe*).

ACTE TROISIÈME

La scène représente un paysage de montagnes. — Dans le fond, la chaîne des Alpes : Au premier plan, une prairie, et à gauche un riche campement. On aperçoit la tente du principal personnage, elles est fermée. — Au fond de la prairie, un torrent : à droite un pont passe sur cette rivière, et sur le rocher, de l'autre côté du torrent, un campement de bohémiens. (*On est à la fin de la nuit, le jour commence à peine à paraître*).

SCÈNE PREMIÈRE

BERCAL, ROMÉO

BERCAL

Alors, vous croyez, seigneur condottiere, que Philippe de Commynes est là renfermé sous cette tente richement ornée.

ROMÉO

J'en suis sûr, sire de Bercal, je reconnais son écusson et ses couleurs, et je crois bien que ma haine ne me trompe pas : j'ai aperçu le vieux Guillaume, mon adversaire d'autrefois !

BERCAL

Etrange coïncidence... et les deux jeunes seigneurs que nous poursuivons sont là-haut dans le campement des bohémiens.

ROMÉO

Oui, vous vous souvenez pendant la malheureuse bataille des bords de la Creuse, quand

Louis XI écrasa Charles le Téméraire, nous avions laissé les enfants à quelques centaines de mètres du lieu du combat, sous la garde de deux soldats. Des bohémiens passaient par là : ils ont profité de l'activité de la bataille pour tromper les deux gardiens et emmener les enfants. Après la défaite des troupes du Duc, quand le comte de Chatillon s'est aperçu de la disparition de son neveu, il m'a prié de poursuivre les bohémiens et de ramener le jeune Seigneur... Désireux de me venger de Commynes dans la personne de son fils, j'ai accepté. Le duc de Bourgogne vous a chargé de m'accompagner, et je crois bien que nous ne sommes pas loin des deux jeunes Seigneurs.

BERCAL

Il faudrait agir habilement et par la ruse ; les bohémiens sont nombreux et nous ne sommes que deux.

ROMÉO

Vous vous trompez, messire, nous avons maintenant pour nous toute l'escorte de Philippe de Commynes. Il faut nous allier avec eux. Le baron d'Argenton, vous le savez, est nommé ambassadeur extraordinaire aux fêtes de Venise. Il se rend à son poste, mais il poursuit en même temps les bohémiens qui ont pris son fils, et comme ces derniers se rendent en Vénétie, ils suivent le même chemin. Le hasard nous réunit tous dans cette gorge des montagnes... Le diable nous protège. Mais il faut agir avec précaution.

BERCAL

Oui, Roméo, soyons prudents. Le soleil va

paraître. Déjà les grands sommets neigeux s'illuminent des premiers feux de l'astre du jour. Cachons-nous, tâchons de voir sans être vus, et paraissons au moment opportun.

ROMÉO

Commynes sort de sa tente. Eloignons-nous. (*Ils sortent*). (*Après un moment, Philippe de Commynes sort de sa tente. — Il est bientôt suivi de Guillaume*).

SCENE II

PHILIPPE DE COMMYNES, puis GUILLAUME

(*Il sort de sa tente et examine le paysage*).

Quel beau pays!... Le soleil se lève et va éclairer toute cette neige de ses rayons d'or!... Seigneur mon Dieu, de quoi ce jour sera-t-il fait!... Dans quelques heures, après le passage du col de Luzo, nous serons en Italie. (*Entre Guillaume*). Où sont les ravisseurs de mon enfant? Quand les atteindrons-nous?... Qui me rendra mon Guy bien-aimé... (*Il tombe à genoux*). Mon Dieu, ayez pitié d'un père qui pleure son enfant, rendez-lui son fils unique... O Vierge Marie, derrière ces hautes montagnes se trouve votre vieux sanctuaire de Notre-Dame d'Embrun, si cher au roi de France, mon maître. — Au retour de ma mission diplomatique à Venise, si vous m'accordez de retrouver mon fils, je viendrai avec lui et avec toute ma suite rendre hommage à votre sanctuaire, et vous remercier de votre protection maternelle.

GUILLAUME, *se rapprochant de Philippe.*

Monseigneur, vos vœux seront exaucés et avant peu. La Vierge d'Embrun vous aime.

PHILIPPE

Puisse la madone nous protéger comme vous l'espérez.

SCENE III

LES MÊMES, LE SIRE DE BERCAL

BERCAL, *entrant.*

Le sire de Bercal salue le noble sire d'Argenton.

PHILIPPE DE COMMYNES

Salut à vous, messire... Mais comment vous trouvez-vous dans les gorges abruptes de ces montagnes?

GUILLAUME, *a part.*

Bercal. Ce nom me rappelle...

BERCAL

Je poursuis le même but que Votre Seigneurie.

PHILIPPE

Le même but... Mais je me rends en Italie, au nom du roi Louis XI, pour représenter la France aux fêtes de Venise.

BERCAL

Je le sais, Monseigneur, mais dans ce voyage, Votre Seigneurie espère retrouver son fils chéri qui lui a été enlevé d'une façon abominable, une première fois au château d'Argenton, et une seconde fois à l'abbaye de Saint-Jean-d'Orbestier dans la principauté de Talmont, en Bas-Poitou.

PHILIPPE

Mon fils, mon fils Guy, vous le connaissez donc?

BERCAL

Oui, Monseigneur, je le connais, et je le cherche de mon côté, depuis plus d'un mois, j'ai traversé les fleuves, les vallées et les montagnes, à la suite de la bande de bohémiens qui l'entraîne vers les plaines de la Lombardie.

PHILIPPE

Mon fils... prisonnier d'une bande de bohémiens... Mais je croyais que le soir, dans l'abbaye du Talmondais, le chevalier qui gardait mon fils et le jeune Geoffroy d'Argenton les avait livrés au condottiere Roméo et au duc Charles le Téméraire.

BERCAL

Le chevalier qui gardait ces enfants, c'était moi!

PHILIPPE, *l'épée à la main.*

Misérable.

GUILLAUME, *vivement.*

Traître infâme, je te reconnais.

BERCAL, *avec calme.*

Pardon, messire, ni misérable, ni traître... Ecoutez la fin...

PHILIPPE

Nous écoutons...

BERCAL

Le Très Rév. Père abbé de Saint-Jean-d'Orbestier m'avait donné l'ordre de veiller sur les jeunes Seigneurs, et j'étais fidèle à mon poste; tout à coup, au milieu de la tempête affreuse, dont vous vous souvenez, seigneur écuyer, plusieurs hommes armés, dissimulés dans l'ombre, se sont précipités sur moi, ils m'ont bâillonné, roué de coups et jeté par terre, dans un coin du monastère. Pendant ce temps, ils ont ouvert l'appartement des jeunes captifs, et en quelques minutes ils les ont emmenés par la porte secrète qui correspond par un souterrain avec la forêt de la Rudelière.

GUILLAUME, *menaçant*.

Mais, misérable, c'est toi qui as fait connaître à l'infâme Roméo et aux troupes du duc de Bourgogne cette entrée secrète que seuls les habitants de l'abbaye connaissent.

PHILIPPE

Ecoute la fin, Guillaume... Mais pourquoi n'avoir pas appelé au secours, pourquoi n'avoir pas...

BERCAL

Vous oubliez, Monseigneur, que j'étais bâillonné, et cependant j'ai pu, aidé par un moine, me débarrasser de mes liens, et c'est moi qui ai donné l'alarme dans le monastère, je connaissais peu les souterrains de la forêt, j'ai entraîné le moine avec moi, mais, hélas, il était trop tard; quand nous sommes arrivés à l'entrée de la forêt, les ravisseurs était loin.

GUILLAUME

Et alors...

BERCAL

Et alors, j'ai suivi les ravisseurs, et pendant la bataille que le roi de France a livrée victorieusement aux troupes du Téméraire, j'ai essayé de retrouver les deux enfants. J'ai lutté contre leurs ennemis. J'ai été blessé, je suis resté pour mort sur le champ de bataille, et lorsque je suis revenu à moi, j'ai appris par un soldat qu'une troupe de bohémiens, profitant de la mêlée, avait pris les deux enfants et les entraînait vers l'Italie.

PHILIPPE

O mon Dieu... Mon Guy bien-aimé...

BERCAL

Et depuis plus d'un mois, à travers la France, je vais à leur poursuite, et grâce à Dieu je les ai atteints.

PHILIPPE ET GUILLAUME

Que dites-vous? Où sont-ils?

BERCAL

Voyez-vous là bas, sur les flancs de la montagne, ce misérable campement, c'est celui des bohémiens ravisseurs. Les deux enfants sont là !

PHILIPPE

En êtes-vous sûr?

BERCAL

A peu près... J'ai entendu hier soir la ballade d'Argenton, que le jeune Guy chantait souvent à Saint-Jean-d'Orbestier.

PHILIPPE

La ballade d'Argenton !

BERCAL

Ah, j'ai tressailli d'espérance. Si vous saviez, Seigneur, combien j'étais attaché à votre cher enfant; j'étais chargé de lui... On aurait pu croire que j'avais trahi mon devoir en l'abandonnant à ses ennemis... Aussi j'ai consacré toutes mes forces à le retrouver pour le rendre à son père, afin que l'on ne puisse pas accuser de trahison le sire de Bercal.

PHILIPPE

Recevez les remerciements d'un père qui vous sera toujours reconnaissant.

BERCAL

Je vous laisse, Monseigneur, je me suis assuré le concours d'un précieux auxiliaire avec lequel j'ai traversé la France, je vais le retrouver : il m'est tout dévoué, et vous pouvez compter sur lui comme sur moi... Dans peu de temps je reviendrai vers vous après avoir pris tous les renseignements nécessaires pour racheter ou reprendre de force le jeune Guy de Commynes et son ami Geoffroy.

PHILIPPE, *tendant la main à Bercal.*

Que le Seigneur et la Vierge d'Embrun vous accompagnent : merci, messire, merci. (*Bercal sort*).

SCENE IV

PHILIPPE, GUILLAUME

PHILIPPE

Je crois, mon cher Guillaume, que Notre-Dame d'Embrun a exaucé mon vœu.

GUILLAUME

Défiez-vous, Monseigneur, le sire de Bercal

a déjà été accusé de trahison, par le R. P. abbé de Saint-Jean-d'Orbestier, lui-même... Je n'ai pas confiance dans cet homme.

PHILIPPE

Le R. P. abbé a pu se tromper. Pourquoi ce seigneur est-il à la recherche de mon fils... Quel intérêt a-t-il à poursuivre ces pénibles recherches...

GUILLAUME

Je l'ignore; mais j'ai peur d'un piège; défions-nous.

PHILIPPE

Ecoutez...

(*Une voix dans le lointain chante la suite de la ballade d'Argenton*).

> Le roi vit un pieux ermite
> Qui tout en suivant son chemin
> Priait et déroulait très vite
> Un long rosaire dans sa main.

PHILIPPE

Ce n'est pas la voix de Guy.

GUILLAUME

Ecoutons...

> Seigneur, murmurait sa voix lasse
> A mon pays paix et pardon
> Nul ne mérite mieux sa grâce
> Que ce bon peuple d'Argenton.

(*Deux voix chantent en se rapprochant*).

> Enfin le roi vit un beau page
> Arrêter net son destrier
> Pour admirer le paysage
> Couronné d'un donjon altier.

GUILLAUME

Entrons dans votre tente, Monseigneur, les chanteurs se rapprochent : nous examinerons la situation. (*Ils entrent*).

SCENE V

GIACOMO, GUY, GEOFFROY

GIACOMO

Comme elle est gracieuse et belle la romance de votre pays.

GEOFFROY

Tu trouves, ami Giacomo, je crois que tu commences toi-même à la connaître.

GUY

Oui, chantons ensemble, par cette belle matinée de printemps, le couplet de la Bergerette.

> Le roi vit une bergerette
> Qui tout en menant ses agneaux
> Fredonnait une chansonnette
> Qu'écoutaient les petits oiseaux.

(*Une voix dans la coulisse, à droite*).

> Je ne connais pas, disait-elle,
> En interrogeant l'horizon
> De pays, de terre plus belle
> Que le noble fief d'Argenton.

(*Une voix dans la coulisse, à gauche*).

> Le roi vit une chatelaine
> Debout au balcon du manoir.
> Sa voix claire montait à peine
> Dans le grand silence du soir.

GUY

Que signifie!

GEOFFROY

Qui chante ici la ballade de mon pays?

(Une autre voix, à gauche).

Il n'est pas disait sa voix douce
De plus beau castel qu'Argenton
Il cache ses pieds dans la mousse
Pour perdre dans le ciel son front.

*(A la fin tous s'unissent pour chanter les derniers
vers).*

SCENE VI

LES MÊMES, BERCAL

GUY, *se tournant vers la gauche.*
Qui chante ici la romance de mon pays?

BERCAL, *entrant.*
Un ami, qui vous cherche depuis bien des jours
et qui est prêt à donner sa vie pour vous.

GUY ET GEOFFROY

Le sire de Bercal.

BERCAL, *rapidement.*
Oui, celui qui, ne pouvant empêcher les gens du
Téméraire de vous enlever à Saint-Jean-d'Orbestier,
a juré de vous retrouver.

GUY ET GEOFFROY

Mais...

BERCAL, *cherchant à les entraîner.*

Venez vite, je vous raconterai tout plus tard, venez, je vous conduirai à votre père. (*Il les entraîne*).

GUY

A mon père!

BERCAL, *il les pousse dehors doucement.*

Oui, à votre père. Il vous attend non loin d'ici. (*Ils sortent*).

GIACOMO

Où allez-vous, chers amis?

SCENE VII

GIACOMO, GUILLAUME, puis ROMÉO

GUILLAUME, *précipitamment, l'épée à la main.*

Oh, le traître, le misérable, à moi les amis! (*Il veut traverser la scène et sortir de l'autre côté. Mais il est arrêté par Roméo*).

ROMÉO

Ah, vieux brigand, je t'attendais depuis longtemps... (*Il essaie de le frapper de son poignard*). Tu ne perdras rien pour attendre. (*Ici, le jeune Giacomo prend parti pour Guillaume, et arrête le bras qui allait frapper Guillaume*).

GIACOMO

Je ne sais qui vous êtes, mais je n'entends pas qu'on frappe un vieillard sans défense. (*Pendant ce temps, Guillaume a le temps de mettre l'épée à la main et fonce sur Roméo qui cherchait à tuer Giacomo*).

ROMÉO

Deux contre un, la lutte est difficile. (*Il se sauve*).

GUILLAUME, *le poursuivant.*

A moi, Commynes, à moi les amis (*Il sort suivi de Giacomo*).

SCENE VIII

PHILIPPE DE COMMYNES, DEUX ÉCUYERS.

PHILIPPE

Seigneur, qu'ai-je vu, une lutte à main armée...
Oh! ce brave et cher Guillaume... Il poursuit ce
misérable... Que va-t-il arriver. Allons mes amis,
sus à l'ennemi, ramenez-moi mon fils.

UN ÉCUYER

Seigneur, demeurez ici, votre âge, votre situation ne vous permettent pas de vous exposer à une
lutte impossible. Je vais rester avec vous. — Ber-
tram va partir pour sauver Guillaume et vous
ramener votre fils.

PHILIPPE

Partez tous les deux. vite, vite, je vais envoyer
du renfort.

(*Les écuyers sortent*).

PHILIPPE, *appelant du côté de sa tente.*

A moi Commynes, sauvez, sauvez mon fils.
(*Arrivent deux autres écuyers, Philippe leur
montrent la vallée*).

En avant, sauvez Guillaume et ramenez Guy.
(*Deux écuyers sortent*).

PHILIPPE, *seul et agité, il tombe à genoux.*

Ah seigneur ! venez au secours de Guillaume et de mes écuyers, sauvez, sauvez mon pauvre fils. Je vous en supplie, par la madone d'Embrun qui est si vénérée dans ces pays alpins, ramenez-moi mon fils et je fais vœu à mon retour de Venise de faire un pèlerinage à votre pieux sanctuaire.

SCÈNE IX

LE MÊME, GUILLAUME, GUY, GEOFFROY, ÉCUYERS

GUILLAUME

Vive Dieu, messire, grâce à la Madone, nous vous ramenons votre fils sain et sauf.

GUY, *dans les bras de son père.*

Ah, mon père.

PHILIPPE

Mon fils, mon fils, que Dieu et la Vierge d'Embrun soient bénis ! (*Il serre la main de Guillaume*). Que s'est-il passé ?

GUY, *amenant Geoffroy.*

Mon cher ami, Geoffroy de Châtillon, mon compagnon d'infortune. Mon père, je vous le présente, qu'il soit votre second fils.

PHILIPPE, *l'embrassant.*

Cher enfant, merci de votre sympathie pour Guy, mais, que s'est-il passé ?

GUILLAUME

Nous allions succomber dans une lutte inégale, lorsque les écuyers sont arrivés. A leur venue,

Roméo et le traitre Bercal se sont enfui; malheureusement le jeune Giacomo a été tué.

GUY ET GEOFFROY

Notre pauvre ami, il faut lui donner la sépulture des chrétiens.

GUILLAUME

Non, messires, nous prierons pour le repos de son âme. Mais le temps presse. Vite, fuyons... Voyez, Messire, vos écuyers sont avertis par moi, ils rentrent les tentes, il faut fuir... Roméo et Bercal ne doivent pas être loin; nous allons passer la rivière et mettre ce cours d'eau entre eux et nous; quand nous aurons passé ce pont, nous le ferons sauter et les mécréants ne pourront plus nous poursuivre. Vite, vite, messires, préparons-nous.

(Ils sortent tous).

SCENE X

BERCAL, ROMÉO.

ROMÉO

Oui, oui, partez nobles messires (*ironique*), vos amis veillent.

BERCAL

Vous êtes merveilleux, Roméo, vous pensez à tout; vous avez trouvez le moyen de faire croire aux bohémiens que Giacomo avait été tué par les varlets de Commynes, et ces braves gens, vont eux-mêmes faire sauter le pont quand la troupe de l'ambassadeur sera dessus.

ROMÉO

Voyez déjà, le chef est dessous pour enlever les soutiens du pont. Mais voilà les gens de Commynes qui s'avancent. (*Ils se cachent*).

SCENE XI

LES MÊMES (cachés) COMMYNES ET SA SUITE.

PHILIPPE

Allons amis, en avant, et que la Vierge d'Embrun nous conduise en Italie (*Il s'avance vers le pont*). *L'escorte passe d'abord, mais au moment ou Philippe et Guillaume sont sur la passerelle, elle s'effondre dans le torrent.* (*Cris de désespoir*).

BERGAL ET ROMÉO

Hurrah! Rattrapons les prisonniers.

(*La toile tombe*).

ACTE QUATRIÈME

—

La scène représente la place Saint-Marc à Venise. à gauche, le palais des Doges et Saint-Marc : à droite, maisons venitiennes ornées ; dans le fond de la place, on voit la mer adriatique et dans le lointain l'île Saint-Georges et l'église du même nom. On prépare tout pour une grande fête. Lanternes vénitiennes. On voit des gondoles qui passent sur les flots. Il va faire nuit.

SCENE PREMIERE

BERCAL, ROMÉO.

(Bercal est en grand costume d'ambassadeur, il a la tête bandée, et Roméo un bras en écharpe).

ROMÉO

Monseigneur l'Ambassadeur du roi Louis XI auprès de son Excellence le Doge de Venise, j'ai l'honneur de vous présenter mes hommages.

BERCAL

Je suis épouvanté du rôle que vous me faites jouer, Roméo.

ROMÉO

Pourquoi !

BERCAL

Nous n'avons pas les lettres patentes qui m'accréditent comme ambassadeur extraordinaire auprès

de la République de Venise. Il est du reste étrange
que nous n'ayons pas trouvé les traces de messire
Philippe de Commynes et de son serviteur
Guillaume.

ROMÉO

Ce n'est pas étonnant, aussitôt la chute du pont
dans l'abîme du torrent, notre préoccupation a été
de trouver les enfants. Je me suis chargé de Geoffroy
et vous avez entraîné Guy. Quelque peu étourdis
par leur chute, ils se sont remis parfaitement et
les jeunes seigneurs ont été légèrement déçus
lorsqu'ils ont repris connaissance entre nos
mains... Nous aurions dû les faire disparaître l'un
et l'autre.

BERCAL

Silence, Roméo, vous le savez, notre mission est
formelle. Le Téméraire et le comte de Châtillon,
nous ont fait jurer de les ramener vivants.

ROMÉO

Oui, je regrette ce serment, et je ne l'ai prêté
qu'à contre cœur... Mais voyons, revenons à nos
plans. L'ambassadeur de France officiel a disparu
c'est vous qui le remplacez et vous avez le nom très
noble de Philippe de Commynes, baron d'Argenton,
ne l'oubliez pas.

BERCAL

Je ne l'oublie pas. Cette farce peut nous rapporter
de forts bénéfices à l'un et à l'autre, puisque vous
devenez attaché d'ambassade, comme le sire
Roméo d'Avolo, seigneur du Veillon. — Jusqu'ici
la chancellerie a bien voulu accepter notre histoire

fabuleuse de la disparition des papiers officiels, enlevés dans un guet-apens des alpes, où blessés l'un et l'autre nous avons failli périr ; tous nos serviteurs ont été massacrés... Mais si le sire de Commynes n'a pas été tué dans l'accident du torrent du Lugo.

ROMÉO

Il a été entraîné par le torrent, c'est fatal... Vous avez vu, messire, que dans nos recherches précipitées, nous avons trouvé deux serviteurs du baron étendus sans vie la tête fracassée entre les rochers. Philippe et son vieux serviteur ont été entraînés plus loin, et ils ont du être pris entre les rochers du torrents.

BERCAL

C'est bien possible... Etes-vous sûr des gens auxquels vous avez confié les enfants !

ROMÉO

Très sûr. Du reste ils comptent sur notre générosité si leur garde est sévère et si les enfants ne s'évadent pas.

BERCAL

Vous avez réponse à tout. Mais, voici les serviteurs du Doge qui préparent la fête de ce soir ; ne serait-il pas bon de s'éloigner un peu.

ROMEO

Oui, c'est plus prudent. Allons plus loin et surveillons les allées et venues des uns et des autres. Le Doge va venir et nous nous présenterons devant lui. (*Ils sortent*).

SCENE II

Le DOGE, LE MAITRE DES CÉRÉMONIES.

SERVITEURTS, SOLDATS, ETC,

(Le Doge s'avance pendant que l'orchestre joue une marche guerrière. il fait le tour de la scène, admirant les préparatifs et donnant des marques d'approbation.

LE DOGE, *au Maître des Cérémonies.*

Mon cher seigneur, toutes mes félicitations; vous avez fait des merveilles. J'espère que la fête de nuit sera réussie; digne de nos nobles hôtes et de la circonstance solennelle que nous célébrons.

LE MAITRE DES CÉRÉMONIES

Toutes nos dispositions sont prises dans ce but. J'aime à croire que votre Excellence sera satisfaite.

LE DOGE

Messires les ambassadeurs, veuillez prendre place à mes côtés sur l'estrade d'honneur. Les Envoyés extraordinaires d'abord... A qui revient la première place?

LE MAITRE DES CÉRÉMONIES

A l'envoyé de la France... Il est en retard, justement il est signalé, le voici.

UN HÉRAULT

Messire Philippe de Commynes, envoyé extraordinaire de Sa Majesté le roi Louis, neuvième du nom, roi de France.

SCENE III

LES MÊMES, BERCAL, ROMÉO.

BERCAL

Salut, à votre Excellence, noble souverain de la Grande République vénitienne. Je vous apporte les salutations et les respects de mon noble maître, le roi Louis XI ; et je vous redis ses félicitations pour le nouveau territoire qui vient de se donner à la Vénétie... Mais...

LE DOGE

En vous saluant, messire l'Ambassadeur, nous saluons le roi de France et son noble pays ; et nous sommes heureux de les voir si bien représentés. Mais, avez-vous dis, que signifie ce mais?

BERCAL

Il signifie, Excellence, que dans les montagnes des Alpes, mes compagnons et moi nous avons été la victime d'audacieux brigands qui nous ont enlevé nos lettres patentes d'ambassadeur et qui ont tué la plupart de nos gens; nous avons été blessés, et c'est par miracle que nous avons échappé à leurs coups, avec mon premier secrétaire, messire du Veillon (*Il montre Roméo*), d'origine vénitienne. Mon compagnon était parent de la noble dame qui a donné l'île de Chypre à la puissante République de Votre Excellence.

LE DOGE

Vous avez couru de grands dangers pour accomplir votre mission. Vous n'en avez que plus de mérites et vous êtes le bienvenu ainsi que le seigneur poitevin, d'origine vénitienne qui vous accompagne. Venez messires, parmi les ambassadeurs, prendre les places de choix qui vous sont réservées.

La nuit arrive peu à peu. Le Doge va se placer sur son trône entouré de sa cour et l'orchestre joue le le carnaval de Venise ou un autre air du même genre. — Les ambassadeurs se placent auprès du souverain vénitien sur le devant de l'église Saint-Marc. La foule entre peu à peu. Les gondoles commencent à glisser sur l'eau entre la place Saint-Marc et l'Ile St-Georges. Effets de nuit. Les lanternes vénitiennes s'allument partout).

SCENE III

LES MÊMES, PHILIPPE DE COMMYNES, GUILLAUME

(Philippe de Commynes suivi de Guillaume s'avance vers le trône du Doge).

BERGAL, *à Roméo.*

Nous sommes perdus.

ROMÉO, *bas à Bergal*

Silence, attendez.

PHILIPPE

Excellence, mille excuses de troubler votre fête magnifique; mais il est de mon devoir d'empêcher une injustice et une mystification... Je suis le véritable ambassadeur du roi de France, et cet imposteur est un misérable! Il a essayé de me faire disparaître et il a usurpé mes titres et qualités, après avoir enlevé mon fils. — Voici mes lettres patentes d'ambassadeur.

LE DOGE

Qu'est-ce à dire?

ROMÉO, *s'avançant*.

Le misérable, le traître (*il montre Philippe*) ce vieillard est le bandit qui a voulu nous tuer, nous faire disparaître et qui a volé à mon illustre maître (*il montre Bercal*) les lettres patentes qu'il vous présente. (*Mouvements dans l'assistance*).

LE DOGE

Silence, messires. L'affaire me paraît assez grave pour que nous puissions l'étudier sérieusement. (*à Philippe*). Veuillez répondre à mes questions : (*il prend les lettres patentes*). Ses lettres royales du haut seigneur Louis Xi, roi de France sont signées et datées de l'Abbaye de St-Jean d'Orbestier dans le Poitou. Elles accréditent comme ambassadeur extraordinaire auprès de mon gouvernement, le Baron d'Argenton, messire Philippe de Commynes.

PHILIPPE.

C'est moi.

BERCAL, *avec audace*.

Non, il ment, le Baron d'Argenton c'est moi, et ces lettres m'ont été volées dans le guet-apens de la vallée du Lugo, où cet homme a essayé de nous assassiner. Mon secrétaire et moi en portons les traces.

LE DOGE

Silence, messires... (*à Bercal*) Vous portez, en effet, Monsieur l'ambassadeur, un bandeau qui cache votre front. Quelle blessure avez-vous donc reçue.

BERCAL

Un coup de lance m'a abîmé le haut du crâne.

LE DOGE, *à Roméo.*

Et vous?

ROMÉO

Un coup de massue m'a cassé le bras gauche.

LE DOGE, *à Philippe.*

Qu'avez vous à répondre à ces affirmations?

PHILIPPE

Elles constituent une série d'horribles mensonges.

LE DOGE

Expliquez-vous?

PHILIPPE

Le pseudo ambassadeur que vous avez ici (*il montre Bercal*) est le sire de Bercal, un seigneur poitevin, infidèle à son Dieu et à son roi. Il est accompagné d'un condottiere italien (*il montre Roméo*) nommé Roméo.

ROMÉO

L'audacieux menteur !

LE DOGE

Silence.

PHILIPPE

Roméo, qui, je ne sais pourquoi, me poursuit de sa haine, et par trois fois m'a ravi mon fils... Nous l'avions, dans les montagnes des Alpes arraché à sa haine, et par suite de l'effondrement d'un pont rustique dans le val de Luzo, il me l'a repris, ainsi que son ami le jeune Geoffroy d'Argenton. — Ce pont avait été ébranlé par lui et ses amis, et ils espéraient que nous serions tués dans la chute et entraînés par le torrent. Ils voulaient prendre nos papiers et se faire passer pour le baron d'Argenton et son secrétaire. Le ciel en a decidé autrement...

(Dans une des gondoles qui passent on entend chanter la Ballade d'Argenton).

Le roi vit une bergerette
Qui tout en menant ses agneaux,
Fredonnait une chansonnette
Qu'écoutaient les petits oiseaux.

(Le Doge pendant ce chant cause avec son secrétaire. — Philippe de Commynes et Guillaume, regardent vers les gondoles. — Bercal et Roméo s'agitent).

2e *Couplet.*

Je ne connais pas disait-elle,
En interrogeant l'horizon,
De pays, de terre plus belle
Que le noble sire d'Argenton.

GUILLAUME

Ce sont eux !

PHILIPPE

Mon fils, mon fils bien aimé !

LE DOGE

Son fils !... Mais ce vieillard est peut-être un peu...

ROMÉO

Oui, excellence, ce vieillard est fou.

PHILIPPE

Fou, misérable traître, ah, tu comprends ce que les autres ne peuvent comprendre. Il y a la-bàs, dans l'une des gondoles, mon fils et son ami, que nous cherchons, et que des misérables ont enlevés... (*Au Doge*) Au nom du Ciel, Monseigneur, faites chercher parmi les passagers de ces gracieux bateaux le jeune Guy de Commynes et son compagnon Geoffroy d'Argenton, faites les venir ici et si vous croyez à la jeunesse et à sa véracité, ils vous prouveront que ces misérables sont leurs bourreaux.

LE DOGE

Vos désirs vont être réalisés, messire, mon devoir est de connaître la vérité. (*Il fait un signe. Deux héraults d'armes sortent, une gondole les emmène au large*).

ROMÉO

Veuillez, excellence, ne pas ajouter foi aux paroles d'un vieux radoteur.

GUILLAUME

Tais-toi, bandit, tu sais bien que le Ciel va enfin punir tes forfaits. Permettez, excellence, au vieux serviteur du Baron d'Argenton, ambassadeur de France, de prendre la parole. (*Acquiescement du Doge*). Ces deux imposteurs ont prétendu qu'ils étaient blessés grièvement, l'un au bras, l'autre au front, peut-être ont-ils vraiment quelque blessure par suite d'une circonstance quelconque; mais je me permets d'en douter.

Pourquoi Votre excellence ne les ferait-elle pas examiner par son chirurgien.

(*Bercal et Roméo se concertent*).

LE DOGE

Excellente idée, mon cher écuyer, il convient du reste, que vos plaies soient pansées par un habile médecin.

(*Bercal et Roméo s'avancent*)

BERCAL

Il ne convient pas à la dignite de l'ambassadeur du roi Louis XI, et au respect dû à la France, que les affirmations de son envoyé spécial soient méprisées. Devant une pareille attitude, je me retire avec mon sécrétaire.

LE DOGE, *avec autorité.*

Restez ici, messire, il importe que la vérité soit connue. Si vous êtes vraiment l'ambassadeur de France, vous avez droit à tous les égards, mais si vous êtes un imposteur (ce que je ne sais pas encore) vous tombez sous le coup de la justice internationale... il y va de l'honneur du royaume de France et de la réputation de la République de Venise.

ROMÉO

Partons.

LE DOGE, *avec autorité.*

Vous resterez... Les deux enfants qui chantaient tout à l'heure abordent en ce moment sur le parvis de St-Marc. Hérault d'armes, veuillez ramenez ces seigneurs à leurs places, (*à Philippe*)

7

vous, messire, dissimulez vous dans la foule et ne paraissez qu'à mon ordre.

(Roméo et Bercal viennent reprendre leur place. Philippe et Guillaume rentrent dans la foule).

SCENE VI

LES MÊMES, GUY ET GEOFFROY

(Ils s'avancent jusqu'au trône du Doge et lui baisent la main).

LE DOGE

Vous chantiez tout à l'heure dans une gondole une gracieuse romance. Comment appelez-vous ce chant?

GUY ET GEOFFROY

La ballade d'Argenton

LE DOGE, *à Guy.*

Comment vous appelez-vous?

GUY

Guy de Commynes.

LE DOGE

Et vous?

GEOFFROY

Geoffroy d'Argenton.

LE DOGE

Français, sans doute?

GUY

Oui, Français et Poitevins tous les deux. Je suis

le fils de Philippe de Commynes, baron d'Argenton, le favori de S. M. le roi Louis XI, et mon ami est le neveu du sire de Châtillon.

LE DOGE

Mais comment vous trouvez-vous à Venise, et pourquoi chantiez-vous dans vos gondoles?

GUY

Ah, c'est une triste histoire. Elle serait trop longue à raconter.

LE DOGE

Dites en quelques mots. Ayez confiance dans ma justice et dans la bonté de tous ces seigneurs.

GEOFFROY

Ah, noble sire, nous faisons appel à votre justice.

LE DOGE, *à Guy.*

Parlez, mon enfant.

GUY

Depuis quelques années je suis livré à la haine d'un condottiere italien nommé Roméo, et mon ami, à la vengeance d'un seigneur poitevin nommé Bercal.

GEOFFROY

Et nous ne savons pas pourquoi.

LE DOGE

Laissez parlez votre ami, continuez, enfant.

GUY

Déjà, à plusieurs reprises, j'ai été saisi par l'horrible Roméo, mis en prison, sauvé par Geoffroy, puis enfermé dans une abbaye, enlevé une nuit par un serviteur, et entraîné en Italie. En traversant les Alpes, le Ciel a permis que je rencontre mon vénéré père; il se rendait à Venise pour représenter la France aux grandes fêtes de la République Vénitienne... Son vieux serviteur Guillaume et ses vaillants archers m'ont sauvé, j'étais rendu à ses baisers et j'allais le suivre en Italie; mais au moment de partir, un pont s'est effondré sous nos pas : nous sommes tombés tous dans le torrent. Mon compagnon et moi avons perdu connaissance. Quand nous sommes revenus à nous, hélas, nous étions de nouveau entre les mains de nos ennemis.

LE DOGE

Et votre père ?

GUY

Hélas, nous n'en avons plus entendu parler : enseveli sans doute dans le torrent tumultueux, le corps brisé par les rochers.

LE DOGE

Pauvres enfants ! Et après ?

GUY

Nous avons été entraînés à Venise par nos geôliers. Ils voulaient prendre part à la fête : ils nous ont laissés sous la garde de quelques italiens; mais ceux-ci voulaient jouir aussi des splendeurs de la cérémonie : pour nous surveiller plus sûrement, ils nous ont emmené avec eux en gondole... et comme chacun exécutait sa chanson, ils nous ont demandé de chanter la nôtre. C'est ainsi que vous avez entendu la ballade d'Argenton.

LE DOGE

Votre histoire est intéressante, mes enfants :
mais il convient que justice vous soit faite.
Nous allons vous placer tous les deux sous la
protection de Messire l'ambassadeur de France.

GUY

Le remplaçant de mon père !

LE DOGE

(*Il se lève, prend le enfants par la main et les
conduit devant Bercal et Roméo*).

GUY ET GEOFFROY, *reculant,*

Ciel !

LE DOGE

Vous avez peur des représentants de votre pays !

GUY

Eux, les représentants de la France, jamais !

GEOFFROY

Ce sont nos bourreaux.

GUY

Le sire de Bercal et Roméo.

ROMÉO, *avec fureur.*

C'est une comédie. Vous ne voyez pas que ces
enfants ont admirablement appris leur leçon.

BERCAL

C'est odieux ! Notre dignité nous oblige à partir.

LE DOGE, *les arrêtant.*

Il ne convient pas que ceux qui prétendent
représenter ici un noble pays comme la France se

retirent sans escorte. Quatre hérault d'armes vont
vous accompagner et le chirurgien du palais des
Doges va panser vos blessures (*Il fait un signe au
maître de la place*)

(*Roméo et Bercal sortent conduits par des soldats et
par le chef de la police*).

SCENE VII

LES MÊMES moins ROMÉO ET BERCAL

LE DOGE

Et maintenant, mon enfant, que je vous donne
des nouvelles de votre père. Dans l'accident que
vous .venez de rapporter, Messire Phillippe de
Commynes, votre père, a été préservé par le
secours de Dieu.

GUY

Dieu soit loué!

LE DOGE

Il n'est pas loin de vous, perdu dans cette foule,
il a assisté à la scène, saurez-vous le reconnaître.

(*L'enfant se met à chercher, et il est bientôt dans les
bras de son père, Geoffroy dans les bras de Guillaume. Ils restent longtemps enlacés, pendant que
la musique se fait entendre*).

PHILIPPE

Mon fils.

GUY

Mon père.

(Le Maître des cérémonies vient prendre Philippe et lui donne sa place d'ambassadeur à côté du trône du Doge. Les enfants se mettent devant lui).

LE DOGE
(Debout et solennellement).

Messeigneurs et messires, varlets, hérauts d'armes, en votre nom et au nom de la grande république vénitienne, je salue les nobles ambassadeurs de toutes les puissances amies, qui représentent dans cette fête, leurs magnifiques patries. Vous permettrez que le Doge de Venise salue tout particulièrement, le délégué du grand pays de France et du puissant roi Louis XI. Le roi de Chypre, Guy de Lusignan était un seigneur poitevin; le baron d'Argenton, le célèbre Philipe de Commynes, illustre par ses écrits, est un seigneur du Poitou; il représente noblement le royaume de France. *(Applaudissements, hourrahs, cris de Vive la France.*

Aujourd'hui, par suite de la donation de la noble dame de Lusignan, née Catherine Cornaro, fille d'un patricien de Venise, nous avons reçu le royaume de Chypre, et nous déclarons l'île enchanteresse du même nom, annexée à la République Vénitienne.

(Hurrahs, vive Venise, vive son excellence le Doge).

Et maintenant soyons tous à la fête organisée. Elle rappellera aux générations futures l'heureux événement d'aujourd'hui.

(Ballets. — Entrent pierrots et Ménestrels. Le carnaval de Venise se fait entendre. Illuminations, fusées, feux d'artifice. (Orchestres. Danses. Féeries).

SCENE IX

LES MÊMES, LE GRAND MAITRE DE LA POLICE

LE CHEF DE LA POLICE

Excellence, vos ordres ont été exécutés. Le Chirurgien du palais de Doges a examiné les prétendus envoyés de Sa Majesté, le roi de France; le sire de Bercal n'a sur le front aucune trace de blessure, et le bras de son compagnon n'est ni foulé, ni cassé...

LE DOGE

(Il fait avancer Philippe, Guillaume et les enfants.)

Nous avons dans cette constatation une nouvelle preuve de la perfidie de vos adversaires. La franchise de vos affirmations, messire, et la naïve candeur de ces enfants nous avaient déjà convaincus de la vérité. La Justice exige la punition des coupables. Le triste Sire de Bercal sera sous bonne escorte reconduit en France et livré aux tribunaux de Sa Majesté Louis XI. Le condottiere Roméo, sujet vénitien, sera jugé selon les lois de notre grande république... En attendant, qu'ils soient mis l'un et l'autre et séparément au secret le plus absolu. *(Il fait un geste et le maître de police sort.)*

PHILIPPE

Merci, Excellence, de toutes vos bontés, merci pour votre justice, merci d'avoir bien voulu écouter nos prières, et cru nos affirmations. Ces enfants, mon fidèle et vaillant écuyer et moi, nous redirons au noble roi de France et à tous nos compatriotes du Poitou, les splendeurs de vos fêtes, dans le cadre merveilleux de votre splendide capitale ; et ma plume vieillie par l'âge, racontera aux générations futures, la grandeur de la Vénétie et les vertus de l'illustre Doge qui la gouverne. (*Applaudissements. — Vivats.*). — Pour accomplir mon vœu, nous nous arrêterons à notre retour dans les Alpes, auprès du sanctuaire vénéré de Notre-Dame d'Embrun. Aux pieds de la Madone, Guillaume, mon écuyer fera sa veillée d'Armes, le lendemain je le sacrerai chevalier ; en récompense de son courage et de son dévouement.

GUILLAUME. *à genoux près de son Maître*
Messire !...

PHILIPPE

Mon fils et son ami, le nouveau chevalier et le Baron d'Argenton, en remerciant Notre-Dame ; prieront par son intercession le Dieu tout puissant de répandre sur la grande république de Venise, sur son illustre Doge, sur la belle île de Chypre, nouveau joyau de son pays et sur tout le peuple vénitien ses bénédictions les plus abondantes. (*Le Doge serre la main de Philippe.*) Hurrahs — Vive la France.

(La toile tombe.)

ÉPILOGUE

La Scène représente la chapelle dans le fond de laquelle
est honorée la vieille statue de la Madone, dans la métropole de l'Archevêché d'Embrun. A droite et à gauche,
couloirs ou nefs romanes conduisant à la chapelle. On
aperçoit dans une vague obscurité l'image de l'antique
Vierge. On voit Guillaume agenouillé dans le fond, à
droite et à gauche Guy et Geoffroy debout, le premier
tient une épée nue et le second un livre de prières.

(L'Orchestre joue un chant religieux.)

SCENE PREMIERE

GUILLAUME, GUY, GEOFFROY,

*(religieux, chanoines et enfants, dissimulés dans les
nefs de la cathédrale.)*

CHANT

Dieu Sauveur,
Dès l'aurore
De tout cœur
Je t'implore.
Seigneur Dieu
Qu'on t'adore
En tout lieu.

UNE VOIX

Celui que le seigneur aime,
Au crépuscule, à genoux
Implore pardon pour tous,
Et pour le méchant lui-même.

(Au refrain.)

SCENE II

LES MÊMES, LOUIS XI, PHILIPPE DE COMMYNES

(Suite du roi, suite du Baron. — Les seigneurs ne rentrent qu'ensuite.)
(Louis XI et Philippe s'arrêtent dans une des nefs.)

LOUIS XI

Oui, cher ami, le sire de Bercal est arrivé au palais royal avec les envoyés du Doge. Ils m'ont appris que vous vous rendiez à Embrun pour remercier le Ciel de vous avoir rendu votre fils. — Moi-même, vainqueur du duc de Bourgogne, j'avais promis de venir en reconnaissance prier devant son autel. Je me suis hâté afin d'arriver en même temps que vous.

PHILIPPE

Sire, qu'elle joie de vous rencontrer dans ce vénéré sanctuaire. Vous avez dû savoir par les vénitiens toutes les vicissitudes de notre voyage.

LOUIS XI

Oui, j'ai compati à toutes vos souffrances, et je me réjouis de remercier avec vous la Madone de l'heureux résultat de votre mission.

PHILIPPE

Je me réjouis avec vous, sire.

LOUIS XI

Et votre fidèle serviteur, Guillaume? et votre fils? et son ami?

PHILIPPE

Ils sont là. (*Il montre la chapelle.*) Ils prient aux

pieds de la Vierge Miraculeuse, Guillaume vient de faire sa veillée d'Armes, j'ai résolu de le créer chevalier.

LOUIS XI

Certes, rarement chevalerie sera mieux méritée. Si vous le permettez, Baron d'Argenton, je sacrerai moi-même le nouveau chevalier.

PHILIPPE

..(Ici l'Orchestre se fait entendre. Le chant des moines suit.)

Dieu Sauveur
Dès l'Aurore
De tout cœur.
Je t'Implore
Seigeur Dieu
Qu'on t'adore
En tout lieu.

UNE VOIX

Celui que le Seigneur aime.
Dès l'aurore entend sa voix
O bienheureux mille fois
Qui se donne à Dieu lui-même.

(Ou encore après le refrain.)

C'est la veillée pieuse
Ou le preux vient pour prier,
Ou le nouveau chevalier
Promet vie vertueuse.

(Pendant ces chants, Philippe de Commynes s'est mis à genoux. Au couplet Philippe est allé chercher Guillaume et les enfants. — Il s'avance devant la scène. — Le chant finit.)

PHILIPPE

Cher Guillaume, en ce jour de grande liesse,
Dieu et la Madone t'accordent une faveur nouvelle.
Notre roi Louis XI en récompense de tes loyaux
et dévoués services, veut te sacrer lui-même
chevalier, à l'entrée de cette antique métropole.

GUILLAUME

Oh, sire, comment vous témoigner ma reconnaissance. Je ne mérite pas ce grand honneur.

LOUIS XI

Mieux que personne tu le mérites; ta loyauté,
ton dévouement, ta foi, honorent la chevalerie. Le
sire d'Argenton que tu as si bien servi sera ton
témoin et je suis heureux que le roi de France
serve de parrain à un si brave écuyer, à genoux,
Guillaume, fais le serment habituel.

GUILLAUME, *à genoux*
(Il prend l'épée des mains de Guy, il baise
la croix et dit.)

Sur mon honneur, sur ma foi de chrétien, devant
Dieu qui m'entend, aux pieds de l'autel de Notre-
Dame d'Embrun, je jure fidélité à mon Dieu, à la
Madone, à mon roi, à mon seigneur le baron
d'Argenton, messire Philippe de Commynes, je
jure de leur garder fidélité, et de défendre partout
la justice, la vertu, le pauvre et l'orphelin.

LOUIS XI
(Il prend son épée et la place sur la tête
de Guillaume.)

Au nom de Dieu, au nom de la Madone, en mon
nom et au nom du sire de Commynes, écuyer Guil-

laume, je te fais chevalier. Ton blason, portera l'écusson du Baron d'Argenton, au-dessus une épée pour le protéger, et ta devise sera : « Toujours prêt à le défendre.

GUILLAUME

Merci, sire. (*Il se lève et donne l'accolade au roi, à Philippe de Commynes et à tous les chevaliers. — Pendant ce temps l'Orchestre joue la ballade d'Argenton et on chante.*)

> Il n'est pas disait la voix douce
> De plus beau castel qu'Argenton
> Il cache ses pieds dans la mousse
> Pour perdre dans le Ciel son front.

LOUIS XI, *à Guy et à Geoffroy.*

Mes enfants, vous allez retourner, avec le baron d'Argenton, au castel du Poitou, sous sa direction vous apprendrez les belles-lettres et avec un tel maître vous deviendrez savants. Mais tous les ans, l'un et l'autre vous viendrez passer vos vacances à la Cour du roi de France, je vous attache à ma personne.

GUY ET GEOFFROY

Merci, sire. (*Ils embrassent la main du roi.*)

LOUIS XI

Et maintenant, Philippe, nous allons tous prier avec ferveur devant la pieuse et antique madone, pour accomplir notre vœu. Ensuite vous reviendrez dans votre beau pays de l'Ouest. Calme et tranquille dans votre baronnie poétique et charmante, vous continuerez vos travaux littéraires.

PHILIPPE

Oui, sire, j'écrirai l'histoire de votre règne et je montrerai votre clémence et vos exploits.

Hurrah — Vive le roi! Vive Commynes!

(Ils vont se mettre en prière devant la statue miraculeuse, et peu à peu la Madone apparaît plus près et plus brillante. — L'Orchestre joue et le chœur chante :

Dieu Sauveur
Dès l'aurore
De tout cœur
Je t'implore
Seigneur Dieu
Qu'on t'adore
En tout lieu.

On peut encore chanter ;

Montjoie et Saint-Denis
Amour et gloire
A notre roi Louis.

(Voir au Prologue)

(La toile tombe.)